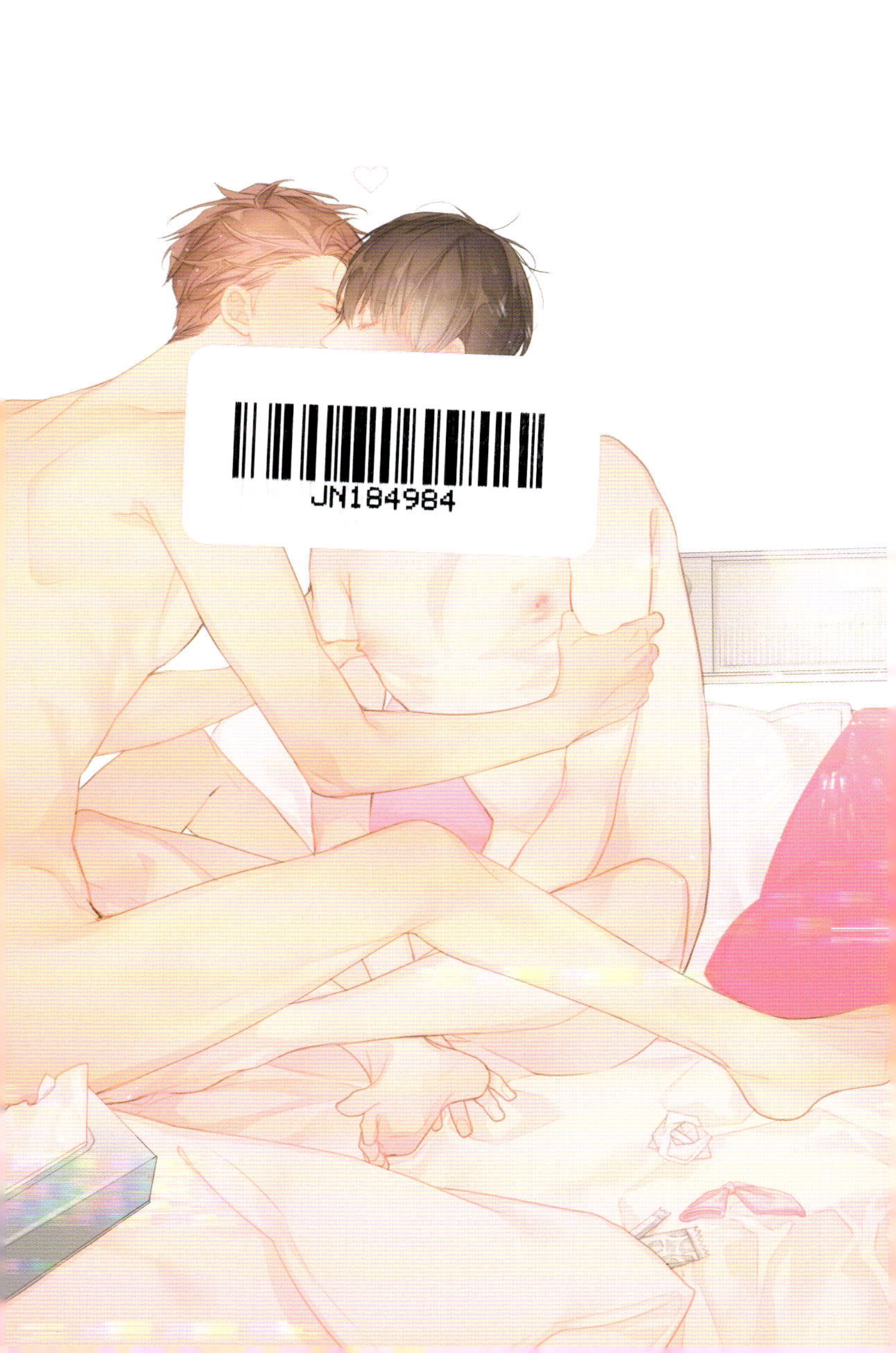

恋の花咲く
ラブホテル

CROSS NOVELS

川琴ゆい華
NOVEL:Yuika Kawakoto

コウキ。
ILLUST: KOUKI.

CONTENTS

CROSS NOVELS

CONTENTS

恋の花咲くラブホテル

1.

あの人たち、今からセックスするんだ——ラブホテル街を歩く男女のうしろ姿を見ながら、ぼんやり考える。

日中も少し肌寒く感じるようになった十月。平日の十三時。場所は渋谷区道玄坂二丁目。

男のほうは濃紺のビジネススーツに手入れの行き届いた革靴、女のほうはふくらはぎ丈のスカートに四センチヒールのパンプスだ。見たかんじではどちらも三十代後半くらいだろうか。無言だけど、その足取りは軽い。すでに目的地が決まっているのか、惑いなく進んでいる。

曲がり角で、ふたりの左手薬指に指輪が見えた。

——どっちも既婚者……。

凌は、十メートルほど前を歩くふたりの仲について、憶測と妄想を始めた。

あれは夫婦ではなく、人目を忍ぶ不倫の関係。男は仕事中の営業マンか外交員。女の家族は、サラリーマンの夫と、小学生の子ども、奔放な性格の姑も同居。つきっきりで手のかかる子育ては一段落したから、ちょっとしたお出かけのときに少しヒールのある靴を選ぶ。

ふたりは一度や二度の関係じゃなくて、つきあいはもう一年以上になる。密会に使うのは、料金や時間を把握している、いつも同じホテル。

——最初から最後までいっさい会話を交わさない不倫カップルの話とか、どうかな。じつは営業マンと顧客の関係で、そのときはふつうに会話してて……。じゃあなんでふたりで会うときは会話を交わさないのか。じつはどちらも諜報部員で、エージェントや他のスパイに盗聴される恐れがあるとか。……ってことは喘ぎ声も上げず？　いや、息遣いとかでバレるよな。

妄想に忙しい凌のすぐうしろを通り過ぎた若いカップルが、その先のラブホテルに手をつないだまま楽しげにほほえみあって入っていった。

先のふたりも、今のふたりも、性欲を満たそうとしている人たちは生命力に溢れているように凌の目に映る。

――片や、次の小説のネタ探しと妄想するしか用のない、ラブホ街でぼっちの僕。

本名の『小川（おがわ）』を少し変えた『緒川凌』という作家名で、恋愛小説を書くのが凌の仕事だ。名前をよく『綾』と間違われ、字面のせいで女性作家だと誤解している人も多い。

――いっさい会話を交わさない、っていう着眼点はおもしろいけど。捻（ひね）り出してスパイ設定っていうのもどうなの。まず、ネタ的に自分の作風じゃない。担当編集に「『緒川凌の新境地！』ってアオリがつくものを目指しましょう！」って言われたからって、それに引っ張られすぎ。

そもそも不倫ネタを楽しく書ける気がしない。倫理観や道徳観を抜きにしても、自分がおもしろいと思うものを書かないで、誰がおもしろいと感じてくれるのだろうか。

息をついたとき、背後から「先生！」と呼ぶ声がした。

くだんの担当編集の小峰（こみね）が小走りで凌のもとへ駆けつける。凌はそんな彼の「お疲れさまです！」のテンションより低めのあいさつを返しつつ、薄い笑みで会釈した。

「妄想散歩、はかどりました？」

小峰に明るい調子で問われ、湊は「はい……まぁ」と苦笑いで返す。

一度は小峰から「渋谷駅のハチ公口辺りで待ち合わせしましょうか」と訊かれたのだが、ラブホテル街なんて歩く機会がなく二十七年間生きてきたので、「目的地までひとりで散歩します」と話しておいたのだ。

「先生、髪切ったんですね」

「きのう、三カ月ぶり、だったかな。だいぶ伸びてたんで」

ホテル街の外壁に設置された料金表がミラー仕様になっていて、自分の姿をちらっと見る。

美容室を出た直後の、プロの手で整えられたヘアースタイルとはぜんぜん違う。二十七歳には見えない童顔でストレートマッシュだから、ちゃんとセットしないと子どもっぽくなりがちだ。

「あ、先生、取材先はあそこです。ゴールドのホテル名の」

小峰が指したのはラブホテル『bloomin'』。ホテル名が、間接照明で浮かび上がる。

外壁は濃いマホガニーブラウンとオフホワイトのツートンで、淡いピンクの花びらがひらひらと風に舞うようにデザインされ、全体的に落ち着いた雰囲気だ。

小峰の案内で、目隠しの壁の内側に回り込み、ホテル内へ入った。

ロビーに入ってすぐ目の前の壁には大型ディスプレイ。ゆったりめの二人掛けソファーがこちらへ背を向けるかたちで一台置かれている。

――はじめてラブホに入る相手が男性の担当編集っていうのは……さすがにせつない。

小峰が『フロント』と記された小窓から中を覗き込んで、「すみません、オーナーの真野さんと十三時にお約束させていただいています」と声をかけている間に、凌は客室をチョイスするパネルを眺めた。

バックライトが点灯しているのが『空室』、消灯しているのが『使用中』。ぜんぶで十六室あり、すでに七割が消灯している。

――こんな真っ昼間でもけっこう入ってるもんだなぁ……。

客室は201号室から404号室まで。どの部屋もパリのプチホテルみたいな、シックでありつつどこかかわいらしさも感じさせる内装のようだ。

「小峰さん」

男性の声がして、凌はそちらへ振り向いた。

親しげに「忙しいのにごめんな」とあいさつする小峰に、「だいじょうぶですよ」とにこやかに返すのは、さっぱりとしたショートヘアーの男性だ。小峰の身長が百七十五センチくらいのはずなので、おそらく百八十センチは超えている。

ラブホテルのオーナー、という言葉から、インテリヤクザっぽいかんじや、AV監督みたいな雰囲気の人を想像していたが。

――うわぁ……なんかすごいイケメン出てきた。

柔和な笑顔に、整った顔立ちで、予想を裏切るさわやかな印象。すらりとした体型にゆるいニットと、ややタイトなシルエットのスラックスだ。

――僕が着るとだらしないかんじになって、おしゃれに見えないやつだ。でも見た目との意外性っていうキャラ設定でいくなら、『さわやかイケメン』で好印象与えておいて、やっぱり裏でえげつないことしてます系の、盗撮して横流ししてるとか、秘密クラブを経営してるとか……。

いつものようにせっせと妄想していたら、小峰と話をしている彼がちらりとこちらへ目をやり薄くほほえんだので、少しうしろに立つ凌もちょんと頭を下げた。

「小峰さん、ここはお客様が出入りするんで。フロントの裏が事務所です」

「あ、じゃあ……先生、移動してからごあいさつしましょう」

小峰にそう声をかけられフロントの中に入って、最初に目に飛び込んできたのは監視カメラの映像だ。

ホテルの入り口、裏口、エレベーター付近、各階の廊下など、大きなモニターに映し出されている。他にも機材や荷物が置かれた狭いスペースに、先程フロントの小窓越しに応対していたと思われる若い男性がひとり座っていて、目が合うとぺこりと会釈された。

そこからさらに奥まったところに入ると、ローテーブルと四人が座れる接客用のソファー、パソコンがのったデスク、その横にキャビネットなどがあり、四畳ほどのスペースが埋まっている。

オーナーの彼が恐縮する様子で「狭くて、すみませんね」と声をかけてくれたタイミングで、凌はイヤミのようにスリムタワー型の整理棚に肘をごいんっとぶち当ててしまった。

「だいじょうぶですか、だいじょうぶです、と慌ただしいやり取りのあと、小峰が「先生、ご紹介します」とその場を仕切ってくれた。

「ホテル『bloomin'』のオーナー、真野吉嵩さん。こう見えて先生と同じ歳ですよ」

すると彼は「どう見えてんですか」と目尻を下げて笑い、凌と目線を交えて「ねぇ」とにこりとほほえむ。たしかに、五つくらいは年上かもと思っていたので、凌は愛想笑いでごまかした。

「こちらが、作家の緒川凌先生です」

十八歳になったばかりの高校生でデビューした関係で、当時から年齢と性別以外のプロフィールは非公開だった。作家生活はもうすぐ十年だがこれまで必要に迫られることなく、いまだに公表していないので、人物紹介はいつもあっという間に終わってしまう。

「はじめまして。取材にご快諾いただきありがとうございます」

凌のあいさつのあと、彼が何か言いたげにじっと見つめてきた。

普通のあいさつのつもりだったが、どこかおかしかっただろうか。

――……もしかしてとんでもなく忙しい時間に来てちょっと迷惑だった、とか？

「あ、お忙しい時間なのに、すみません」

「いえいえ。ラブホのピークタイムは陽が暮れたあとですから」

寸前の通り風みたいな沈黙が、彼の朗らかな口調と笑顔で和やかな空気になったものの……気のせいじゃなくやっぱり凝視されている。それを怪訝に思っていると、やっと彼が口を開いた。

「どこかで会ったことありません？」

問われてもとくに思い当たらず、凌は彼の顔をまじまじと見る。

日頃の交遊関係が著しく狭いので、こんなイケメンが知り合いなら覚えているはずだ。彼の『どこかで』というのもあまりにも茫洋としているし、まったく見当がつかない。

凌が遠慮がちに首を傾げると、吉嵩は一瞬寂しそうな顔をした。それで落ち着かない気持ちにさせられたものの、すぐに彼が「あ、勘違い。人違いだった」とにこりとしたからほっとする。

その横から小峰が「接点ないくせに、もう」と咎めるように言って、続けた。

「大学卒業して一年くらい会社員やったあと、ココ、継いだんだよな？」

「うちの親がもともとはオーナーで」

吉嵩が凌と目を合わせてそうつけ加えたので、「あぁ、そうなんですね」と返した。

小峰が「これ、みなさんでどうぞ」と菓子折を彼に手渡すと、「小峰さんから酒以外のものを貰うなんてレア」と受け取っている。

――小峰さんの知り合いって言ってたけど、仲よさそうだな……。

促されて腰を下ろし、今気になったことをふたりに問いかける。

「小峰さんとオーナーさんって、お知り合い……なんですよね？」

「大学時代の、後輩です。小峰さんが俺のふたつ上の先輩で」

凌の問いに吉嵩が自分自身を指して説明するタイミングで、さっきフロントにいた男性が紙コップのコーヒーを出してくれた。

促されてひとくち飲むと、これも予想外のおいしさだ。それが思わず顔に出てしまったのに、吉嵩は「いいマシンと専門店の深煎り豆で淹れてるんです。一日中ここにいるんだし、ささやかな楽しみで」とうれしそうにしている。

──さっきから僕はずいぶん失礼な感情を……。

職種で賤蔑するつもりはないが、自分が直接ふれることのなかった世界は、これまで見てきた映像や情報などから勝手にイメージが出来上がってしまっている。

「僕も原稿中に飲むコーヒーだけはいろいろ試して……」

「マシン？　ドリップ？」

ぐっと距離を詰めた問いかけ方と柔らかな声色に、凌はどきりとしてしまった。

「エスプレッソマシン、です」

古い実家で、そこだけ異空間に見えるくらいに浮いているデロンギを、メンテナンスしながら長い間、愛用している。ゲームくらいしか趣味のない出無精の作家が他に使う金もなくて、贅沢品といえばあとはパソコンより高いチェアーくらいだ。

「ところで、うちに取材にいらしたのは、ラブホテルを舞台にした小説を執筆されるってことですか？　風俗雑誌とかモザイクがばんばん入るようなテレビ番組の簡単な取材くらいしか経験ないんで、参考になるのかなって」

吉嵩のその問いには小峰が「いや、まだ決まったわけじゃなくて」と答えた。

「先生は恋愛小説をメインに書かれてるんだけど、次作についていろいろ模索中なんだ。だから今は現場の空気を肌で感じたり、刺激を受けて、見聞を広めるためだったり。まぁ、質問に気軽に答えてもらえたらいいですよね、先生」

小峰が言葉を濁しつつ説明し、最後をこちらに振られたので凌は慌ててうなずいた。

これまで凌が書いてきたのは、青春時代の恋模様やせつなく甘いラブストーリーばかりだ。

担当編集の小峰は、そんな固定イメージから脱却した『新しい緒川凌』を出してもいい頃だと考えているようで、あらゆるアプローチで提案をしてくる。『エロス推し』も方向性のひとつだけど、彼はそれをいちばん、凌に勧めたがっているのだ。

小峰は「先生の書かれる性描写は、過激な表現やプレイじゃないのに、ぞくっとするほどエロティックだったり、ふたりがしあわせそうだったり、すごくいいと思うんですよね！」と、その短いシーンだけいつも熱っぽい語り口で褒めてくれる。

——あれだけ褒められたら、やっぱうれしい。

エロスかぁ、と落ち着かない心地ではあるものの、まったく畑違いのジャンルや題材に挑むよりは凌にとってまだ現実的だし、だからチャレンジしてみたいなという気持ちになったのだ。

取材先の候補をいろいろとあげてもらった中で、凌にとって日頃なじみがなく、「おもしろい話が聞けそう」との理由でチョイスしたのがラブホテルだった。

「変な質問とかしちゃうかもしれませんけど……ラブホテル自体、あんまり来たことないので」

本当ははじめてなのに、つい「あんまり」と言ってしまった。つまらない見栄を張ろうとするのは、ここにいる自分以外の男ふたりが、絶対的に恋愛経験値が高そうだからだ。

——小峰さんは長いことつきあってる彼女がいるって話だし、このオーナーさんも相当モテそうだな……。

凌はちらりと吉嵩に目線を上げた。

人を雇い、統率し、あらゆる商業の激戦区である渋谷で闘う男だ。同じ歳だという彼のたたずまいからは、自分にはない大人の余裕を感じる。

――じつは……恋愛小説を何作も書いているのに女性との性経験がまったくないんです、なんて、この人たちの前でぜったいに明かせない……！

性経験はおろか、中学時代の『彼氏、彼女』と呼ぶだけの交際と、高校一年のときキスすらできずに終わったデートがたった一回……恋愛経験皆無と言っていいありさまだ。

「ラブホテルに一度も入ったことない、って方、けっこういますよ。独り暮らしだと、むしろわざわざってかんじになるし。日本人は、性に対して罪悪感を持つように育てられた人が多いから、性行為をするための場所に入ること自体、抵抗がある人もいます」

吉嵩が言うように凌自身も、秘めたることというより、いけないことというネガティブなニュアンスが濃いかもしれない。

凌はなるほどとうなずいた。おまけに、凌がついた小さな嘘を吉嵩がフォローしてくれたかたちになっている。

「知らないことだらけだと思うので、よろしくお願いします」

「普段なじみのない世界に、ふれて、はじめて知ることができる。物事の本質ってたいていその裏側にあるから、外側から見るだけじゃ分からないもんです。人の心とおんなじ」

それまで落ち着かない心地でいた凌は、にっこりほほえむ彼の言葉が、胸を強くどんと突いた気がした。

「言葉を巧みに使う作家さんを相手に、えらそうに語ってしまった」

「い、いえっ……。おっしゃるとおりだなと思って」

彼と話しているだけで、妙にどきどきしてしまう。

――なんか……摑まれるんだよな……。

凌は仕事柄でも性格的にもひとりの世界にこもりがちだ。自分にとって未経験のものや新しいものを前にするとつい腰が引ける。それに、オンラインツールを介さず初対面の人といきなり会って話すという状況は希有だ。彼の人となりを知らないから身構えられず、よけいダイレクトに感じるのかもしれない。

「当たり前のことを、もっともらしく言っただけですよ」

彼はそうほほえむけれど、言葉を扱う仕事だからこそ、その言葉が持つ力を敏感に拾うのだ。

――物理的な距離で、じゃなくて、言葉で踏み込まれたかんじがする。

凌は動揺をごまかすように、「取材にボイスレコーダーを使ってもいいですか？」と会話をシフトさせた。

「訊きたいのはお客さんのことですか？　ホテル経営のことですか？」

「できればどちらも」

「じゃあ、ホテル内をご案内しながらとか、いかがですか？　使用後の客室の清掃とか、気になりませんか？」

使用後という言葉の生々しさに、一瞬怯んでしまう。

「ご迷惑でなければ……」

「今はお客さんの出入りが少ない時間帯だし、清掃が済んでいる空室もあります。さっきロビーの客室パネル、ご覧になってましたよね」

「はい……けっこう、平日の昼間でも入ってるもんだなって……」

「この時間は不倫カップルばっかりって言っても過言じゃない。ほんとびっくりするくらい。世間はどうなってるんでしょうね」

ここに来る前に見たふたりのうしろ姿を思い出して、凌は「あぁ……」とうなずいた。

——永遠の愛を誓う、みたいな恋愛小説ばかり書いてるけど……それが現実なのかな。

現実はどうあれ小説の世界はしあわせなほうがいい、と思って、今までやってきた。

——不倫の当事者たちだって「いいことしてる」とは思ってなくて、でも頭で考える倫理観を凌駕する感情が芽生えてしまったから、とめられなくなってるわけで……。

不倫の当事者を庇(かば)うつもりはないが、そういうことなんだろうな、と想察する。

凌自身はそんな強い恋情も、暴走するほどの肉欲も持ったことがない。頭で「こういうことだろう」と理屈っぽく想像できても、自分の心と身体で実感したことはないのだ。

——現実には、そういう恋がしたくてもできないから、小説やドラマや映画に浸ることで疑似的に愉(たの)しんでるっていうのもあるかもだけど。僕が恋愛小説を書いてるのだって、現実でうまくいかなかった代わりに、小説の世界で好き勝手に膨らませてるところあるもんな……。

ついいつもの癖で黙々と考え込んでしまった。

吉嵩が「ちょっと待っててください」とフロントのほうへ向かい、そこにいる若い男性に「タケル」と声をかけて何か話している。

そっちに気を取られていると、小峰に肩をぽんとたたかれた。

「先生、どうせ来たんだし、ちょっと思いきって踏み込んだ質問とかしましょう。訊いたことをそのまま記事や文章にするとか、このホテル名を出すようなものじゃないから、って彼には先に話しておいたんで、だいじょうぶです」

「あぁ……そうですね」

凌は力強くうなずいて、ボイスレコーダーを握りしめた。


吉嵩に案内されたのは清掃済みで、現在空室となっている『401』。

ドアを開けたら狭い玄関ホールがあり、その先の防音扉を開けて三人は入室した。

スカイブルーとホワイトを基調とした内装にシックなファブリックで統一され、大人っぽくもありつつ可憐な印象の部屋だ。ネットに上げない条件で許可を貰ったので、デジカメでいくつか写真を撮る。

吉嵩のあとを凌が、そのうしろに小峰が続いて入った。小峰はソファーセットの辺りにとどまり、がんばって、とこぶしを握るポーズで見送ってくれる。

吉嵩がテレビに『当ホテルのごあんない』を映し出した。

シティーホテルなどと比べて、時間や料金の設定が複雑だ。

「宿泊は二十一時から、アウトは十一時。サービスタイムは九時から十八時。うちはやってないけど、一時間1980円なんて低料金設定のサービスを打ち出してるホテルもあって」

「えっ、一時間？」

凌が驚いて声を上げると、吉嵩が「大阪に多いらしい」と答えた。

「まぁ、やるだけ、ってかんじだよね。その慌ただしさも楽しむっていうか。でも、使ったあとが異様に汚いことが多くて、清掃に時間がかかる。回転が早いからとにかくハケさせるのが大変で。ここでは清掃というより、必要なのは『復元』だから」

「復元……」

「うちはとくに清潔感をだいじにしたいと思ってて、清掃担当には徹底させてる。ハイブランドのアメニティにこだわったり、アミューズメントに投資して客室料が高額になるよりも、気軽に何度も来たくなるホテルでありたいなって」

さっき吉嵩と事務所で向かい合って話しているときは人当たりの柔らかさを感じていたけれど、経営者としての横顔はとても凜々(りり)しい。

「流行で取り入れてるのは、『ラブホ女子会プラン』。これは通常とは違う料金形態で、ネット予約制。女子会プランには当然男性はＮＧ。ちなみに男性同士のカップルでのホテル利用ならＯＫ。異性でも三人以上でのホテル利用は、乱交パーティールームにされちゃうからお断り」

「いろいろ細かい決まりがあるんですね」

「風営法改正で厳しくなってるからね。この業界で生き残るために、女子会プランみたいに流行を追うのもいいけど、最小限何が必要で、必要じゃないかを見極めていかないと」

客室の奥に設置されたボックス前に吉嵩が身を屈めたので、凌も倣った。

「これ、コンビニボックスっていいます」

透明プラスチックの扉から中を覗くと、まがまがしい色やかたちのアダルトグッズが、縦横に仕切りのついた棚にずらりと並んでいる。

ボックス内にあるのは１０００円のバイブ、オナホール、いちばん高いもので３０００円のディルドなどだ。

「これはまじで、ほんっとに儲かるやつ。しかもめちゃめちゃ売れる。この１０００円のバイブの仕入れ値、聞いたら引くよ」

凌が目を瞬かせると、吉嵩がひそひそ話で「９８円」とおしえてくれて「ええっ？」と悲鳴を上げた。生花も利益率が大きいと聞くけれど、あれは生もので廃棄も多いからだ。

「こういうので利益を出すわけ」

それからすぐ傍のクローゼットに置かれたバスローブをさわらせてもらった。どこにでもあるような普通の白いローブだ。

「タオルもローブもお客さんに盗まれちゃうから、リネン関係はほどほどのランクでレンタルがいい。でもアダルトグッズは利益率半端ないので、レンタルにしない」

「そっか。なるほど」

吉嵩の話がおもしろくて、つい身をのりだしてしまう。

すると吉嵩が仕入れ値98円の隣、仕入れ値200円ほどとおぼしきバイブをひとつ抜き、それを「はい、あげる」と手渡されてしまった。勢いよく来たので、男性器を摸したシリコン製の物体を思わず受け取ったものの、あわあわと対処に困る。

「こ、これ……、え、ほんとに？　うわぁ……はじめてさわった」

そんなうぶな反応を、吉嵩がほほえましいとでもいうような表情で見ていることに気づいて、凌は恥ずかしさをぐっとこらえた。

「こういうの、書くかもしれないでしょ。素材感とか、においとか、舌ざわりとか、実際手に取らないと分からないもんじゃない？」

「でも」

「俺からのプレゼント。あ、オナホールのほうがよかった？」

「えっ、い、いえっ、これでいいですっ」

にこっとされて、凌の手のひらには返せなくなったアダルトグッズが。

――プレゼントに茶色のバイブ……斬新すぎる……。

呆気にとられていたら、吉嵩のウエストのフックにひっかけてあったトランシーバーから『吉嵩さん、隣の部屋のお客さんが出るのでしばらく動かないでください』と連絡が入った。

「フロントでお客さんの出入りを把握して、エレベーターで他のお客さんや清掃スタッフとバッ

ティングしないように配慮してる」

そう補足した吉嵩が凌と目を合わせた。

「もし中が綺麗だったら、清掃作業、ちょっと見てみますか？　えぐい状況だったら、あまり無理しないで。場合によっては客室の入り口辺りから遠目で見学でもいいし」

でもその『えぐい』という客室を清掃している人がいるのだ。部屋の様子より、その人そのものに興味が湧く。

「可能なら見たいです」

凌は迷いなくそう答えていた。


清掃は金髪の若い男性がひとりと、年配の女性の二人体制。連休中や渋谷で何か大きなイベントがある夜のピークタイムは、臨時のバイトを入れて三人で回すこともあるらしい。一客室を十二分から十五分で清掃完了するというだけあって、まるで戦場のようだった。

通常は二人で行う清掃作業を吉嵩が手伝ったので、わずか十分で終了。清掃担当の二人は休憩なく別の客室の清掃に向かい、吉嵩たち三人はエレベーターで一階の事務所へ戻ることになった。

——清掃スタッフの金髪の若い男の子のことなんか気になるなぁ。どうしてこのバイトをしてるのか、普段はどんな生活をしているのか、とか……。

話を聞いてみたいけれど、凌たちの姿が見えていないのかというほど終始黙々と清掃作業に徹していて、寡黙なタイプのようだから難しそうだ。

「お客さんから注文が入った飲食物を客室に持っていくのも清掃スタッフ。中には、真っ裸で受け取りに出てくるお客さんとか、中に入って一緒にやらないかって誘ってくる人もいるって」

「……それは、見せたいの？」

「ただ見せたいのか、こっちを驚かせて楽しんでるのか。分かんないけど」

フロントで制御されているエレベーターの箱が来るのを待つ間に、それまでずっと端で控えていた小峰が「どうですか、ラブホ」と凌に問いかけてくる。

「小説の題材として、すごくいいというか、おもしろいと思います」

到底理解できないことも多いが、そこも含めてネタとしておもしろいのだ。『共感』は必要だけど、共感できないことのほうが話が膨らむし、「なぜだろう」と興味を惹く強さがある。

「ひとつの場所でいくつかの物語が展開するグランドホテル方式はぴったりだなって思うし、群像劇は書いたことがなくて、そういう意味でも。舞台裏にスポットを当てるのもおもしろそう。このホテルのあちこちに、いくつも人間ドラマが潜んでるんじゃないかって」

「あ、先生、反応いい。刺激になったかな」

「はい。人と話すのってだいじだなっていうのも……実感しました。分かってても、家にこもりがちなんで」

「太陽を浴びて、身体を動かして、人と話さないと、鬱になる率が上がるっていいますし。だからあえて外で執筆されてる作家さん、けっこういますよ」

小峰のアドバイスに、凌は「はぁ」と曖昧にうなずいた。

わざわざパソコンを抱えて出る、外出するために着替える、髪を整える――外勤の社会人なら毎日やっていることも、インドア生活に慣れきった凌にとってはちょっとしたハードルだ。

「ノートパソコンを買えば、外に出ようって思えるかな」

「いいじゃないですか。軽くて安いの、いっぱい出てますし。家の中でも場所を移動できるから、それだけでも気分が変わります」

そのとき、ちょうど到着したエレベーターから、ミディアムレングスの若い女性が出てきた。彼女が吉嵩に「お疲れさま」と蠱惑的にほほえむと、吉嵩も「おつ」とあいさつを返す。すれ違いざま彼女は凌と小峰にもにこりと笑みを浮かべ、そのあとは客室のほうへ歩いていった。

明らかに清掃スタッフではない。女性ひとりなのかと気になりつつ、湯上がりのような香りが残るエレベーターに三人で乗り込んだ。

「今のは常連のデリヘル嬢だよ。俺らとバッティングしても、あっちも気にしない」

「デリヘル……」

つまり、男性客が性的サービスを受けるため、ホテルに派遣された風俗嬢。

「男性の一人客はたいていデリヘル。男性の二人客もたいていデリヘル。男ふたりだとゲイに見られがちだけど、ホテルの中に入れば別々の客室に入る」

ラブホテルを利用するのはカップルだけじゃないと、こうしてやっと認識した。

ろう。

——呼んだ側の客にしても、あの彼女にしても、知らない人と……って、どういう気分なんだろう。

相手がいないならひとりぼっちでかまわないと思っている凌には、理解できない世界だ。

「愛は金で買えないけど、欲に金はつきものだよね」

エレベーターのパネルを操作する吉嵩の感情の見えない横顔と、彼の言葉に、凌はぐっと胸を突かれた。

——愛と欲が剝きだしの世界で生きてるこの人は、人間不信になったりしないのかな。

九十分ほどの短い時間で、愛、恋、金、嘘……そういうものの縮図を垣間見た気がする。

「なんか……濃密な時間だったな……」

凌がぽつりとこぼすと、小峰が「いい刺激になったみたいだし、ラブホってチョイスよかったかも」とにこにこしている。凌も小峰に向かってうなずいた。

「いろんな視点からラブホテルを見れました。人間の性欲って……どこか滑稽で、いとしくて、せつないな、って……」

「視点っていうのはお客さんとか、オーナーさんとかですか?」

「はい。他にも、清掃スタッフさんやフロントの方とか。それに……どこにいても欲望の濃度が高くて、肌が立ち上がるかんじがして……」

小峰と話していたら吉嵩の視線を頰に受けて、それで彼と無防備に目線が絡んでしまった。

「……『肌が立ち上がる』?」

吉嵩はエレベーターの壁に背を預けて腕を組んだポーズで、凌を横から見下ろしている。

「え、あ……鳥肌が立つ、というか、ざわっとするというか」

「へぇ……俺は普段そういう言葉遣わないし、なんか、性的なイメージも印象もない凌先生が言うと、妙にエロティックだな。俺が思ってるよりずっと、その内側は刺激的なのかも？」

いきなり下の名前で呼ばれたことにも、柔らかさの中に色気の滲む彼の目元にも、凌はなぜだか胸がきゅうっと絞られる心地がした。

先生呼びされるのが本当は苦手なのもあり、自分がどこに反応しているのかちょっと混乱する。

そんな凌の隣で、小峰が吉嵩のほうに「だろ？」と身をのりだした。

「ほら、だから先生、私が常々感じてる『緒川凌は極上のエロスを紡ぐ！』は間違ってないはずだ、って思うんですよ。先生のエロスの扉を、バーンって開けてほしいんです」

両手を広げたオーバーアクションで熱弁をふるわれ、凌はそれには肩を竦めながら笑った。


取材のために許されていた時間はあっという間に終わってしまった。

一人客についてももっと話を聞きたいけれど、九十分じゃぜんぜん足りない。

「あの……、オーナーさんのお話、すごくおもしろかったです。仕事の内容や裏話は興味深くて、もっといろいろお伺いしたかったんですけど、思ったより時間が経ってて」

直球で正直な感想だ。

それに、吉嵩の言葉に何度も心を揺さぶられた。

――この人に言葉でどきっとさせられるのが、不思議と心地よかったというか……。だからもっと話したいって思うんだよな。

自分の気持ちがまっすぐ伝わってほしいから、自然と眸に力がこもる。

懸命な凌に、吉嵩は少し驚いたようにして、それから「よかった」とにっこり笑ってくれた。

「俺も、凌先生の反応が新鮮に映って、楽しかったですよ。ほら、俺にとっては猥雑な環境が当たり前だから、凌先生の驚き方とか表情とか、なんかかわいいなって」

小峰が笑いながらも「先生に『かわいい』はちょっと失礼だろ」と吉嵩を軽くたしなめたので、凌は「いえ、ぜんぜん」と首を振った。

実際、彼の言い方がさらっとしていて朗らかなので、いやな気はしない。吉嵩のほうは「同級生ってことで許して、先生」とウインクなどしてくるから、つられて笑った。

「でもほんとに、俺も凌先生がさっきエレベーターん中で言ってた『人間の性欲が、いとしくてせつない』だっけ、あの言葉、どういうことなのかすごく気になる。それが本になるなら読みたいし、もっと話したいな。今度はふたりで」

最後の言葉で吉嵩にぐっと顔を近付けられ、凌は間近で見るイケメンのほほえみと、いいにおいに当てられて目を瞬かせた。

吉嵩の「俺も楽しかったですよ」は社交辞令だと受けとめていたが、どうやら本心だったみたいだ。それで単純にうれしくなって、個人的な番号が入った名刺を最後に手渡した。

「……うわっ、ちょっと、吉嵩、おまえ、すぐそうやって。先生、気をつけて。真野吉嵩は人たらしで色悪なんだから！」

「色悪……」

小峰が「っとにもう！」と半笑いながらも吉嵩を軽く睨めた。

「でも僕も、ほんとに楽しかったですし、またお話したいなって」

「俺も俺も」

吉嵩が小峰を躱して凌の隣にぴとっと並んだので、小峰が今度は青ざめた顔で「ああっ」と慌てている。

凌のほうに元来ある垣根を、初対面の人がひとっ飛びで越えてきたことがなかった。

このご時世、『空気を読む風潮』と言われているくらいに、言動や雰囲気からこちらの性格などを察し、相手が気を遣ってくれるのが普通だ。

——この人、空気を読みすぎないっていうか。ぜんぶ呑み込む嵐みたいな人なんだよなぁ。

身体を切り刻むようなものじゃなくて、身体をまるごとぜんぶくるんで、攫ってくれそうな。

恋に不慣れな女の子だったら、こんな短時間でも好きになってしまうかもしれない。

「いや、だからね、先生。先生が言ってる『楽しかったし、またお話したい』っていう純粋な気持ちと、吉嵩が言ってんのはニュアンスがだいぶ違うっていうか……、あぁ、でも先生がこんな反応するなんてよっぽど……」

そう驚く小峰はけっしてちゃかしているわけじゃない。これまでも取材に同行してもらったことはあるから、小峰には今の凌の興奮の度合いがよく分かるのだ。

するとたたみかけるように、吉嵩が話を続ける。

「さっき、外で小説書いてる作家さんの話してるの聞いたから、提案です。うちのラブホで執筆するのはどうかなって」

吉嵩の突拍子もない申し出に、小峰と凌は顔を見合わせた。

「一人客についてあまり話せなかったけど、昼間のラブホにくる一人客の中には、作家さん、ライターさんかなって人、ちらほらいますよ。カラオケルームはかなり音漏れするし、カフェみたいに人の話し声が聞こえると集中できない人なのかなって」

そういえば、客室内はＢＧＭが流れていなければ静かだった。防音設備が整っているからか、たまたまなのか、変な声など聞こえてこなかったのだ。

「飲食物の持ち込みＯＫ。うちはレンチンだけど、ハニートーストとかパンケーキとか、おにぎり、ラーメン、うどんも出してる。シャワー浴びれるし、眠くなったらベッドもある。もちろんＷｉ－Ｆｉ完備」

吉嵩のセールストークに、小峰の表情も反応も軟化しはじめた。

「……そっか、レンタルルームも一日借りるとかなりかかるし、レンタルスペースも渋谷だと一時間５００円から１０００円くらい？　安いところだとカフェの環境と変わりないもんな。だったらラブホに自主カンヅメ、かなりいいかも」

小峰はいろいろと考慮した上でうなずいている。

「うちでよかったら、凌先生だけ特別価格にしちゃうよ」

「特別価格？」

凌もいだいた疑問を、小峰が吉嵩に訊いてくれた。

「んーそうだな。月額……3万とか？」

「なにそれ、やっす！　適当に言いすぎだろ……あっ、おまえまたそうやって！」

この人たらしめ、と小峰がツッコミを入れる横で、凌は「月3万？」と問い返してしまった。

「あ、ちょっと、先生まで本気で反応して。渋谷の道玄坂で月3万なんて破格、あり得るわけないでしょ。悪い冗談ですよ、まったく」

半笑いの小峰に、吉嵩が真顔で「いや、本気だけど」と返すから、凌は素直に「ええっ？」と驚きの声を上げる。

吉嵩がその本気度を示すように、大きく首肯した。

「俺がときどき休憩に使ってる部屋だよ。だから二十四時間出入り自由。客室としてパネルにも出してなくて、そもそも料金が発生してない。そんなわけで、月3万でもいいな、と」

貸せる理由は分かったが、適当に値段設定した感は否めない。

それに、客室として使用していない、とはどういうことだろうか。

小峰も腑に落ちないらしく「んー？」と首を捻って、吉嵩に疑問をぶつけた。

「それ、いわくつきの元客室なんじゃゃ……」

「あー……」

小峰の問いに対して吉嵩の声が萎んだので、小峰と凌は揃って身を硬くした。

頭の中に『ラブホテル殺人事件』や『人気俳優A、薬物使用の現行犯で逮捕』など、新聞記事の大きな見出しが躍る。

「いや、そういうんじゃない。人が死んだとか事件があった部屋じゃないよ。ふたりが想像してるような悪い理由じゃないから、安心して。俺がときどき寝泊まりしてる、って説明しただろ」

吉嵩はそう言ってにこにこしているけれど、『何かある』のは間違いないのだ。

小峰に腕の辺りを掴まれた。彼が目で「冷静になって！」と訴えてくる。

「先生、ゆっくり考えて、ゆっくり検討するといいと思いますよ」

「でも、ラブホテルを題材にした小説を書くなら、これ以上の環境ってないですよね」

「ええっ、もう書く気になってるっ？」

驚きすぎた小峰が雑な喋り方なのが新鮮で、凌は「ぷっ」と笑ってしまった。

「いや、まだそこまでは行ってないですけど、書くならもう少しお話を聞きたいなと思うし、検討するにしても、ここだったら直接刺激を受けて、いいネタが浮かびそう……かな、とか……」

「まじか」

「さっき、もっと外に出たほうがいいって、小峰さんも」

小峰はうっと怯み、一度目を閉じて、それから凌を見据えた。

「……うん、そういう勢いもだいじ！　最終的にどうするかを決めるのは先生ですけど、私は先生が『エロス開花！』みたいな方向でやる気になってくださるの、すごくいいと思います。大賛成です。先生が『ここで考えたい、書きたい』とおっしゃるなら、全力で応援します」

小峰が大きくうなずいて、最後に背中を押してくれた。

新しい環境に身を置いて、これまでに書いたことのないものを書くのは楽しそう――そういう考えに至ったのはほとんど衝動でしかないけれど、ここへ来る前よりずいぶん前向きな気持ちになったと思う。今、自分の気分が上昇している感覚と、その事実を手放したくない。

「じゃあ凌先生、決断はひとまず持ち越すとしても、さっそく今日泊まってかない？」

いきなり吉嵩に誘われて、凌は戸惑いの声で「え？」と返しながら、たまにはそういう冒険もいいかなぁ、なんて調子にのせられる。

「もっと話したい、ってお互いの気持ちはおんなじなんだし、晩ご飯はふたりでどっか食べに行こっか。渋谷にも落ち着いた雰囲気の和食屋、あるから。金目鯛の煮付けとか好き？」

「煮魚､最近おいしいなって感じるようになって……でもホテルは夜がピークタイムなんじゃ？」

「だからちょっと早めに。ちゃちゃっと食べて、お酒はまた今度ゆっくりでもいいし」

吉嵩の誘いで凌がすっかりその気になっていると、それまで様子を見守っていた小峰が「よ～し～た～か～」と頭を抱えた。

「あのね、こういう展開はこれっぽっちも想定してなかったの。先生がのり気になってるのは、まじで吉嵩のおかげでもあるなって思うから、そこはほんとーに感謝するけど……」

「先生、かわいいもんね。小峰さんがかわいがってんの、見てて分かる」

「かわいがるとかそういう失礼なこと言うな。吉嵩、俺の話ちゃんと聞いてる？」

説教口調の小峰の顔を見ながら、吉嵩はハートマークがついた声で「ね～っ」と凌に身を寄せてくるから、きっとその忠告はぜんぜん効いていない。

「吉嵩……女だけじゃ飽き足らず、間口広げたとか言わないよな……」

「ふ……言いませんし。小峰さんのだいじな担当作家さんでしょ？　さすがに、大学時代に世話になった先輩を困らせるようなこと、するわけないじゃないですか～」

「最初の間はなんなんだよぉっ。言葉に重みがないぃぃ」

小峰が顔を覆う様を見ていた吉嵩が凌に身を寄せ、「小峰さんって過保護なおとうさんみたいじゃない？」と耳打ちしてきた。すると顔を上げた小峰が「聞こえてるぞ」と半眼になっている。

「お試しってかんじで一泊してみたら、もっと気持ちが盛り上がるかもしれないしね」

吉嵩のダメ押しの言葉に、誰も反論できない。

結局、小峰とはそのまま別れ、凌ははじめて、ラブホテルにひとりで泊まることになったのだった。

2.

出無精だけど、おいしいものは好き。

ゲーム以外に凌の楽しみといえば、お取り寄せグルメ情報をもとに通販することと、それを食べることだ。

吉嵩が早めの夕食にと連れてきてくれたのは、宮益坂の落ち着いた雰囲気の和食店だった。

「……おいしい」

目をぱしぱしとさせて、金目鯛の煮付けの旨味を噛みしめる。

食欲をそそる香り、照り、ほどよい甘みと醤油の絶妙な味付けだ。

「だろ？　伊豆から直送されてくるやつで、刺身でもいけちゃうキンメを炊き上げてるらしいよ。この添えられてる揚げ豆腐がまた、出汁を吸ってて、ほんとおいしいんだ」

吉嵩に勧められて、金目鯛に添えられた揚げ豆腐を箸で半分に切ってぱくり。

「……あ〜っ……そりゃおいしいよね……間違いない」

独り言のような感想をつぶやき、大きな口を開けて、今度は、はぐっと白米を頬張る。新潟県産の米、お新香までもれなく美味だ。

天然無垢一枚板のカウンター席にふたりで並び、最初に出てきた刺身はぷりっと新鮮、箸で軽く摑めるサイズのかき揚げは噛むたびに桜エビの香りがふんわりと広がった。

吉嵩が簡単に「今が旬」「これはポン酢かけてもうまい」とおしえてくれるから、凌は久しぶりに誰かと会話をしながらの食事を楽しんでいる。

小鉢の和え物に箸を伸ばしたとき、隣で吉嵩が肩を揺らして笑っていることに気づいた。

「え？」

「いや、いっぱい食べる子はかわいいな、って」

吉嵩が、ほほえましい、とでもいうような口調と表情だったので、もしかしてわんぱく小僧を彷彿とさせる食べっぷりだっただろうか、とちょっと恥ずかしい。

「もりもり食べてよ。ほら、食の好みって微妙に一致しないことあるからさ。連れてきたお店でおいしそうに食べてくれるの、うれしいじゃない？　渋谷ならいろいろ案内できるよ」

おいしいものをたくさん知ってそう——期待をこめて思わずじっと吉嵩を見てしまい、そんな凌を見て吉嵩は「ははっ」と笑う。

「食べるの、好き？」

甘やかすような柔らかな口調と、イケメンの笑みが合わさってすさまじい威力だ。それを間近でもろに受けて、凌はくらくらしながらうなずいた。

「一日仕事して、楽しみといったら『食べること』くらいで。といっても、家で食べるんだけど」

「彼女は？　同棲してるとか」

吉嵩の問いに、ぐっと喉が詰まる。

「彼女はいなくて……一緒に住んでるのは父と母です」

「あ、敬語になった。敬語禁止ー。次に敬語になったらほっぺにキスするからね」

店に入る前、吉嵩に「俺たち同じ歳なんだし、距離を縮めるために」とまず名前で呼び合うことを提案された。しかしいくら同級生でも、会ったその日に酒も飲まずにいきなり「吉嵩」と呼び捨てにはできないので、ホテルの人たちみたいに「吉嵩さん」で譲歩してもらった。

「……吉嵩さん、恋人は？」

「いないよ」

「……それはあえてつくらない、ってかんじで？」

どう見てもモテそうだからだ。

「形式的に欲しいとは思わないし」

「それは『彼氏、彼女』っていう関係に嵌められたくないって意味で？」

吉嵩は「そうじゃない」と首を振る。

「本気になってくれる人がいないんだし、俺としてもファッション的な恋人なら、いらないってこと。若い頃はえっちしたいだけならギブアンドテイクでいいって思ってたけど、どうせ遊ばれて終わるなら、本気の恋愛を望んだところで虚しいだけだよ」

「吉嵩さんが、遊ばれる？」

遊んでるんじゃなくて？　と言いたげな凌の顔を見て、吉嵩は笑いながら「俺が、遊ばれるほうなの」と繰り返した。

「ラブホテル経営者、なんて『ひと晩、楽しめたらいい。だって遊んでる人でしょ？』って扱いだよ。性産業を営む俺が恋人だと、友だちに自慢できない、親に紹介できない、将来が見えない……だから最初から本気の恋愛の対象から外される」

「そんな……」

「職業賤蔑されるのはしかたないって諦めてるけど、俺の心まで安く値踏みされたくないね」

だから恋や愛をはなから信じない、と冷たく切り捨てるような言葉だ。

凌はどうにもせつなくなって、ぐっと眉根を寄せた。

「でもっ……本当に愛してくれる人はいる。吉嵩さんこそ『どうせ遊びなんだろ』って、相手の気持ちを値踏みしちゃだめだと思う」

凌の力強い反論に、吉嵩は驚いた顔をしている。生意気な意見かもしれないけれど、本心からそう思うので、言ったことを引っ込めたくないし謝りたくない。

長い沈黙の間、吉嵩にじっと凝視されて、だけど凌も目に力をこめて視線を逸らさなかった。

しかしだんだん、これできらわれたかも……という不安が広がり、心細くなってくる。

やがて吉嵩が自分の胸に手をあてて、「……今の、刺さった」とおだやかにつぶやいた。

「……俺の好きな人は、俺を好きになってくれるかな」

「本気の想いならちゃんと通じるし、吉嵩さんだったら、相手も好きになると思う」

吉嵩がうっとりとした目で「そうだといいな」と柔らかにほほえんだから、凌はほっとした。

「凌くんは？」

吉嵩に「凌くん」と呼ばれると、一度は落ち着いたのにまた胸がどきっと鳴った。

コミュ障すぎて成人後は新たな友だちができず、片手でも余るくらいの中学時代からの友だちも、いまだにほとんど『くん付け』だ。それでも、相手が吉嵩だとなぜだか緊張する。

「えと……それは、いないのか、つくらないのかって質問？」

「うん。作家の湊くんを支えたいっていう人、いっぱいいたでしょう。現役高校生で華々しくデビューして、ドラマとか映画の原作者で、小説読まない人にも名前知られてさ。しかもかわいい。モテないわけない」

デビュー作が話題になり、映画化、連続ドラマ化もされた。以降数年はこれといってヒット作は出なかったものの、二十一歳のときに書いた本が本屋大賞にノミネートされたのをきっかけにこれも映画化、他に単発ドラマ化された本が一作ある——そんなメディア向けの『作家紹介』を見た印象だと、そうなるらしい。

「まさか……そんな人に会ったことないよ。それに、吉嵩さんが思ってるほど知られてない」

新人作家のネームバリューより、主演の女優と俳優、監督の名前のほうが、遥かに認知度が高かったのだ。単発ドラマなどとくに「あれ、僕が原作で」と積極的に言わないと浸透しないが、いかんせん湊には自発的な発信力がない。作家名のＳＮＳを最後に上げたのがいつだったか思い出せないレベルだ。

それに吉嵩が言うような華やかなイメージとはまったく異なる実態を、自分がいちばんよく知っている。

基本的に家から出ない。つまり新しい出会いだってない。原作者であってもドラマや映画の製作に直接関わるわけじゃないし、人前に出るどころか、顔出しだってしていない。もともと、作品に作家のパーソナルな情報は邪魔、という考えなのもある。

「謙遜しちゃって。作家さんうんぬんを抜きにしても、警戒心がちらっと覗くかんじっていうか、簡単になつかない子みたいでかわいいなって思うし」

なんだか微妙に、凌が予想したのとは違うことを言われている。

――えーっとそれは、捨て犬とか野良猫に向ける「かわいい」ってやつ？

ちょっとでも『ルックスのことを言われている』と勘違いしそうになった自分の身の程知らずっぷりが痛々しくてたまらない。

「たんなる挙動不審を……そ、そんなふうに、かわいいとか言うのは……」

「え？　いやいや、そういう反応も含めての緒川凌がかわいいって言ってんの。むきむきマッチョボディの野獣みたいなおっさんを『かわいい』とはさすがに表現しない。キャラと見た目が合致しての『かわいい』だよ」

「あ……わ……」

詳細に語られてしまった。

お世辞でも人から面と向かって褒められることに慣れていないので猛烈に恥ずかしく、どう返せばスマートなのかも分からなくて、あばば……とオタク丸出しの反応をしたのがますます格好悪い。耳まで赤くなっている気がする。

凌はとりあえず気持ちを落ち着けようと、水を飲んだ。

「そんなふうに言われたことないから、無駄に焦る」

「え～、女の子にも言われない？　前の彼女とか」

「ないないない」

彼女と呼べるか首を捻りたくなるような恋愛しか経験がない……ということまで、吉嵩にはまだ正直に話せない。

「それにそんな、かわいいとか、二十七歳の男に使わない形容ですよ」

次の瞬間、はっとした。

凌がそろ～っと隣に目だけ向けると、吉嵩が「出た、敬語」のひと言のあと、にやりとする。

凌が「ちょっと待って」「今のナシ」なんて吉嵩に訴える間もなく。手でがっしり首のうしろを押さえられ、頬にキスされてしまった。

ちゅっと音を立てて離れ、吉嵩は「わっは。すべすべほっぺだった」と満足そうに笑っている。

凌は彼の悪ふざけに瞠目(どうもく)し、その頬に手をあてるだけで声も出ない。

――……っ、信じられない！

お食事処で。カウンター席で。はじめてのキスの相手が、頬とはいえ、今日会ったばかりの男とは。

「……ちょ、ちょっと、まじでっ……」

「あはは。約束したでしょ。敬語にペナルティ。また出たら今度はちゅううってするからね」

今さらながら怖々と周囲を確認する。

カウンターのむこうにいるお店の人は誰も見ていなかったようだけど、背後の席の人はどうだったのか分からない。

「見てたとしても『あ、ほっぺにちゅーした』くらいで誰も気にしないよ」

吉嵩はまったく悪びれない様子で、のんきにみそ汁など啜っている。

騒ぐとよけいに目立つし、色悪と称される吉嵩はきっと、たかがキス、というスナック感覚だ。

――頬だし、男だし、今のはキスにカウントしない！

凌は無理やり気持ちを切り換えて、まだ途中だった煮魚の攻略に集中することにした。


――おとうさん、おかあさん、二十七歳にしてはじめてラブホにお泊まりします。

母親にLINEで『仕事で泊まることになった。朝ごはんもいらないよ』とだけ連絡を入れておいた。仕事とはいえラブホと明かせば驚くかもしれないので、詳しくは書かない。

それに対する返信は『あした夕方までうちにいないから、お昼ごはんも自分でよろしくね』だ。

息子がこの歳になれば、親は「たまには彼女と外泊くらいしてほしいわー」と思ったりするのだろうか。これまで凌にちゃんとした恋人ができたことがないのを親も承知なので、今や親子間であってもふれちゃいけないデリケートな話題という扱いになっている。

凌は腰掛けたベッドから、辺りをふらりと見回した。

ここは、吉嵩がときどき寝泊まりしている、四階の『４０５』。入り口の扉の上にあるルームナンバーのサインは、ずっと消灯のままだ。

この部屋の『何かしらの理由』については、まだ聞いていない。

ロビーのパネルには十六部屋しかなかった。

客室は二階の『２０１』から始まり、ワンフロアに六部屋というつくりになっている。

この『４０５』だけではなく、さらに隣の『４０６』も消灯していて、客室として使用していないようだった。これは憶測だが、隣室も何か秘密があるのかもしれない。

母親に『ＯＫ』のスタンプを返したところで、吉嵩がバスローブを持ってきてくれた。

「ここももともとは客室だったんだけど、内装は派手じゃないでしょ」

「あ……うん」

入ってすぐのところに、他の客室でも見たのと似たかんじのソファーセットがある。

右側がトイレとバスルーム、さらに進むと冷蔵庫やバーカウンター、その裏にビジネス用デスク、そしてベッドルームだ。デスクは他の部屋にはなかったし、ここを休憩に使うこともある吉嵩が、あとから持ち込んだものかもしれない。

——今すぐにでも客室として使用できそうなのに……どんな理由があるんだろう。

あらためてぐるりと見終えたところで、凌の隣に吉嵩も腰を下ろした。

「もしかしてちょっと緊張してる？」

少しいじわるで楽しそうな表情の吉嵩に、どきどきしてしまう。凌はぎこちなく笑った。

「……ところで、この部屋には何が……？」

吉嵩がときどき休憩で使う以外に、ここを客室として使用していない理由だ。

するとと吉嵩がにやりとして立ち上がり、凌を手招きした。

案内されたのは、ベッドのむこうの壁の前だ。

「性行為を見られたい・覗かれたい客、ってのが一定数いるんだよね」

そう言ってにこりとほほえむ吉嵩の顔を、凌は複雑な表情で凝視した。

「隣の『406』は、そういうちょっと特殊な性癖をお持ちのお客様に使っていただく部屋、と言えばいいかな。ゆえに、事前予約制」

「もしかして……ここに、覗き穴とか、押せば開くような仕掛け扉がついてるとか？」

スパイ映画でよく見るやつが、この壁に仕込まれているのかと思ったのだ。

――ここは『406』を覗き見とか盗撮するための部屋ってこと？　それ、犯罪……！　妄想どおり危ない人だったー！

早合点であわわとなっている凌に、吉嵩は「違う違う」と首を振る。

「隣の『406』の壁のこの辺りにマジックミラーがついてて、『覗き見されてる』っていうふうに演出してるんだ。実際はこっちの部屋から何ひとつ覗けない。ほんとにやったら公然わいせつ罪ほう助で俺が逮捕される」

たしかに、どこにも穴など見当たらない。押してみたけれど、当然びくともしない。

「本当は覗かれてないって、そのお客さんにバレない……？」

「バレたことない。客側からすれば、『誰かに自分たちの性行為を覗かれているシチュエーションで盛り上がる』っていうのがだいじなんだから」

そういう演出が必要なければ、鏡にブラインドを下ろす仕様になっているらしい。

「あとは、頼まれればハイレベルなアダルトグッズ、尿道に挿すブジー、アナルビーズ、吸引バイブ、ペニスバンドとか、特殊なＳＭグッズをセッティングだってする。プロに頼んで自分たちの性行為を撮影する客もいるし。いろいろだよ」

次々と衝撃的なセールスポイントを聞かされて、凌はぽかんとしてしまった。

「つまりこの『４０５』が、というより『４０６』に理由があるってこと。でかい喘ぎ声を上げる率も高いから、他の客室との緩衝材的な役割もあるんだよね。でもだいじょうぶ。うっすら音楽でも流してれば、案外聞こえないよ」

防音設備を突破する喘ぎ声なんて、それは悲鳴じゃないのだろうか。

凌はそろりと傍のベッドに腰掛けた。その隣に吉嵩も並ぶ。

「無音じゃないと、小説書くの無理？」

「いや……無音のほうが苦手。家でもＢＧＭを流しながら書いてる」

「隣は完全予約制の『ＶＩＰルーム』と思ってもらえれば。これまでに『４０６』のお客さんが暴れたとか警察沙汰とかもないし、カフェよりは静かに執筆できるんじゃないかな」

こういう場所で聞く『ＶＩＰルーム』には、お忍びで来た人が悪いことをする部屋というニュアンスがたっぷり含まれているように感じる。

「違法行為を要求されたり、容認しろって言われたりしないの？」

「違法な行為してもいいですかって訊かれることはまずない。それは他の普通の客室も同じ。デリヘル嬢だって、本番行為をすると捕まるから、素股とか、口と手でイかせるってていだけど、実際は部屋に入れば客とセックスしてる……って、結局これは俺の想像でしかないよね」

客室で何をしているのかを、オーナーとはいえ把握できないのは当然だ。

普段の生活で耳にすることがほぼない用語の連続で、凌はついに押し黙ってしまった。

「凌くん、デリヘルの経験あるの？　それともピンサロとか店舗風俗？」

「な、ない、ない。そういうの、ほんとにない。十代の頃から小説書くことしか能がないっていうか、ほんとになんか、そういうのは、あんまり……」

さっきから刺激的な猥語ばかりで、もはや冷や汗が出る。こんな反応をしていたら、性経験皆無の童貞とすぐにバレてしまいそうだ。

猥語も文章で書くとそんなに気にならないのに、編集の小峰に「ここは正常位ですよね」「この段階でまだイッてないってことですか」と直接的な表現で指摘されるときも、一瞬頭が真っ白になるのだ。

「能がないんじゃなくて、デビューした高校生のときから、脇目もふらずにがんばってきたってことでしょ？　自信持って、誇りを持っててていいと思うな」

「………」

いい気分にさせようとか、吉嵩の言葉からそういう作為的なものは感じない。

「今日もずっと思ってたけど……吉嵩さんの言葉はなぜだか、刺さるっていうか、身体に響くっていうか……あ、もちろんいい意味で、だよ」

凌が最後に慌ててつけ足すと、吉嵩はほっとしたようにほほえんだ。

「ほんとのことを普通にしか言えてない気がするけど、不快にさせてないならよかった。凌くんは言葉のプロなんだし、けっこう不安なんだ。ちゃんと正しく伝わってんのかな、その人の中にいいものとして残るかなって。心開いてくれてないと、言葉って通じないから」

「……今のも、吉嵩さんの言葉が気持ちいいっていうか……心のつぼをぐいぐいと押されてるかんじがする」

吉嵩は目を大きくして、「えー？　ほんとに？」とうれしそうだ。

とにかく、『405』にいてとくに何か支障があるわけじゃないのは分かった。他に比べて、より刺激的な環境になっている、ということくらいだ。

凌は隣につながる壁を見ながら、「……いろんな人がいるんだね……」とつぶやいた。

「予約してまで『406』を押さえるお客さん、よっぽどの変態かエロ魔人だと思ってる？」

吉嵩のその問いには、思わず無言になってしまった。

だって二十七年の人生において、他人にえっちな自分を見られたいと思ったことはないし、特殊なアダルトグッズを使いたいなんて欲求がない凌からすると、理解し難いものがある。

「俺は、普通の人だと思う。見た目も、きっと普段の生活ぶりも」

「普段は本当の自分を隠して、装ってるってこと？」

「装ってるつもりもない、かもね。日常生活でストレスをマックスまで溜め込んだ人や、マイノリティな性癖を堂々とさらせずにいた人が、ここではいっとき自由になれるんだ。誰かのためにがんばったり格好つけたりしなくていい。この部屋では快楽以外、何も考えなくていい。自分を縛るものをぜんぶ外に置いてここに来る。犯罪者以外は、みんな普通の人」

「普通の人……」

凌の中で、ぱちんと音が鳴った気がした。それまでしんとしていた回路がつながったような、自分だけに分かる情動の音だ。

すると空から突然、雨粒がばたばたと降ってくる感覚で、思考の断片や言葉の欠片(かけら)が凌の中に落ちてくる。

普通の人が、特殊な性癖を自覚するのは、どこで、どんな瞬間だろう。何をきっかけに生まれるのか、それとも、もともとあったものに気づくのか。

――性癖に気づくきっかけ、っておもしろそう。特別なことじゃなくて、その人にとっての日常に、何かちょっとしたイレギュラーが起こってとか。最初は「自分はどこかおかしいのかも」って悩んだりするかな。うまく昇華できなくて苦しいかも。

それでもし同じ性癖を持った人を見つけたら、多少のリスクを冒してでも同じ気持ちを共有したいと思うんじゃないだろうか。

だって本当は、ひとりは寂しい。いっそ、恋をしている、していないに関係なく、そこで得る快楽がたとえかりそめでもかまわない。ぬくもりにふれられるなら、味わえるのなら――そんな衝動に突き動かされたりするのかもしれない。

――性的に満たされたいだけなのか、恋なのか、同情なのか、使命感なのか……。

昔からよく描かれてきたテーマだが、まだ凌は書いたことがないものだ。

ふたりの関係に問題も障壁もなく、しあわせに満たされているカップルは、このホテルの中にもきっとたくさんいる。凌が今まで書いてきたのは、どちらかというとそういう人たちだった。

――普通の人、ってそもそもなんだ？

今日ここへ来るときに見た不倫カップルも、若いカップルも、普通の人といえる。

でも誰かを悲しませ、傷つけてしまってもいいと思う瞬間、理性的でいられない瞬間があって、その現実から逃げて目を背けたなら、その背徳感や罪悪感に興奮を覚えたなら、「自分は普通だ」と言いきれるだろうか。

結局、他の客室と、隣の『４０６』に来る客はどちらも普通の人なのかもしれない……？

「……あ、あ、あぁっ！　まとまらないっ。けど、なんか出そう！」

凌が急に叫んだので、吉嵩は身体をびくっとさせ、目を瞬かせている。

それまで彼の存在を忘れて放置していたことを、凌はようやく思い出した。

「あ、えと、急に大声出してごめん。妄想し始めるととまらなくなるんだ」

謝りながらベッドを下り、デスクへ向かうと、凌のあとを吉嵩もついてきた。

「いきなり表情変わったなって思って見てたんだけど……なんか、いいネタ浮かんだ？」

「浮かんだっていうか、書きたいものが見えそうっていうか、テーマっていうか。まとめられそうな気がする」

「おっ、やったね。じゃあ俺は仕事に戻るね。なんか用があったら、内線1番のフロントに」

凌は「ありがとう」と返しながら、鞄の中の筆記用具を確認した。メモ用に持参したノートがある。プロットにする前は、なぜか手書きがしっくりくるのだ。

吉嵩が防音扉を開けて玄関へ向かったので、見送るつもりで凌もあとを追った。

「何か必要なものある？　遠慮なく言って」

靴を履いた吉嵩は玄関扉の前、凌は上がり框のところで立ちどまった。

「あ……えと、じゃあ、あとからでいいので、お昼にいただいたコーヒーを……」

「それ敬語？」

「敬語じゃないですっ」

はっきりと敬語で喋ってしまい、「やばい！」と思ったときには、にやりとした吉嵩の顔が目の前にあった。

くちびるに、ふにっとした感触。

目を瞬かせると、あり得ないほど近くで吉嵩と視線が絡んでいる。

その一瞬のキスのあと、吉嵩が喉の奥で笑った。

――……キ、キスされた？

言葉も発せず茫然としていたら、なんと再びくちびるをくっつけられたのだ。

――ええっ？　えええっ？

意味が分からずただ硬直し、その緊張した背筋がぞわっとする感覚に意識を持って行かれる。

とても優しく、慰めるみたいに軽く上唇を食まれて、それでようやく吉嵩が離れた。

ゲームに勝ったとでも言いたげな、吉嵩のにんまり顔が目の前に。

――うわっ、わ、わ、わ、わわわあああっ！　わあああああっ！

頭部の中身がぜんぶマグマになって、凌の首から上が沸騰している。

凌は上がり框でよろけて倒れそうになり、踏んばりきれずに壁で肘をごいんっと打った。

「……わっ、凌くん、だいじょうぶ？」

驚きのあまり、凌はそれまで悲鳴のひとつも上げられずにいた。

「……だっ……だ、だいじょっ……ぶなわけっ、ないよっ。こっちは、こ、こんなのっ、したことないのに！」

本日、同じところを二度目の強打。痛みとキスのパニックで、頭の中身が吹っ飛んだ状態だ。

「……えっ？」

その声にはっとして目線を上げると、吉嵩が唖然としている。

――……ん？　あれっ？　僕、今……何を言った？

「え……と……、凌くん……」

凌は両手を突き出しながら「だいじょうぶだから！」と早口で言い、『とりあえず早くここから出て行ってほしい！』という気持ちを、懸命にアピールしたのだった。

「信じられない……」

凌はひとりで寝るにはだいぶ大きなラブホのベッドに、俯せで倒れていた。

吉嵩にキスされた。和食店でのキスを「頬だし、男だし」と、なかったことにしていたのに。

今度は、否定できないほどはっきりと、くちびるにされてしまった。

しかも一度重なったあと軽く離れて表情を確認され、再びくちづけられたから、あれは二回とカウントすべきなのだろうか。

二回目は、凌が痺れたみたいに動けなかったせいで、たっぷりまばたき五回分くらいは互いのくちびるがくっついていた。

それより最悪なのは、悪びれもしない吉嵩を前に、凌は焦りと驚きと恥ずかしさで脳が茹だってしまい、「したことないのに！」とつるっと口を滑らせてしまったことだ。

もうこの歳にもなれば、『好きな人と』とかたくなにこだわるより、キスくらいなら何かをきっかけに誰かと……というシチュエーションもアリかな、と思うことはあった。そりゃ、できれば『両想いの、好きな人と』がいいけれど。しかし『相手が男』なんて考えもしなかった。

だから怒りではなく、情報処理能力が追いつかず、キャパを超えたのだ。

――はじめてのラブホお泊まりで、はじめてのキスをした相手が男……！　キスはあいさつ程度と思ってるような人で、あっちはふざけたつもりだろうけど……！

凌は顔を顰め、ベッドの上で悶えた。

何かをきっかけに誰かと、と思ったことがあるとはいえ、そこにお笑い芸人のノリや、罰ゲームみたいな要素は必要ないのだ。

凌もあちらの軽さに合わせて「あははー」と笑えばよかったのかもしれないが、今そんなことを思ってもあとの祭り。最後はごまかして部屋から追い出したも同然だったし、「キスを」とは言わなかったものの、はっきり「したことない」と言葉にしてしまったのだ。

「……し、しかも……気持ちよかった」

不覚だ。まっさらな童貞としては、それもくやしい。

くちびるがふれあう感触。ぬくもり。

最後に上唇を軽く、優しく、くちびるで食まれて、それがえらく気持ちよかった。

じわっと、腰の辺りが熱くなる。

枕に顔を押し当てて「わーっ」と声を上げた。そうしないではいられない気分だ。

まさか男にされたキスを反芻(はんすう)しただけでぴくぴく反応するほど、自分の股間が節操なしだったとは。そのすべてが凌を打ちのめす。

「……あっちも男なのに……」

酔っ払っていたわけではない。じゃれあうような年頃でもなく、しかも今日が初対面で、どちらもいい歳した大人の男だ。

でも驚きはしたものの、キスそのものに嫌悪感はなかった。

相手によるのかもしれないが、見目が綺麗な男だったら自分はもしかして、ＯＫなのだろうか。

――え……僕、もしかしてちょっとはゲイの素質ある？

そんな疑いをいだくことなく生きてきた。まったく考えの範疇になかった事態だ。

例えば相手が、禿げでだるだるに太ったおじさんだったら？　何日も洗髪していないべとべとロングヘアーの男だったら？　口からヘドロのにおいのするおっさんだったら？

「い……いやいや、それは逆に性別の問題を超えてる……」

凌はベッドの上で、右に左にと悶えた。

では、小峰だったらどうだろう？　小峰は服装もおしゃれで、清潔感のある男性だと思う。无だ。頭が真っ白になる。イヤもイイもない。仕事相手に対して、あまりにも失礼な妄想すぎるし、脳がオーバーフローの末にシャットダウンしてしまう。

「……ちがう。これは僕の問題じゃない。吉嵩さんが手練の人たらしだからだ」

童貞なんて、軽いキスひとつで殺せるくらいの。

これはけっして自分がＯＫだからではなく、ぜんぶあっちのせいなのだ。

――キスひとつで、いつまでももだもだしてられない。

凌はそんな気持ちで仰向けになり数回深呼吸して、腹の上で手を組み、最後に目を閉じた。

それまで全身を占拠していた邪念を一掃し、途切れていた集中力を呼び戻す。

からっぽになった頭に、今日の取材で見たものを順に思い浮かべた。

客室、清掃の様子、吉嵩が話してくれたことが、とりとめもなく頭を廻る。

ラブホテルはホテルスタッフと客とが、顔を合わせないよう配慮と工夫がされている。でも、モニターに映る範囲で、ホテル側の人間には、出入りする姿を見られている。他にも、清掃スタッフと客が、エレベーター付近で会う可能性だってゼロではない。

恋人同士がお互いに職業を偽り、デリヘル嬢と清掃スタッフとして、ラブホテルの中でバッティングしてしまったらどうだろう？

――あ……おもしろそう。

映像が浮かぶ。流れる。まるで映画を観ているみたいに。

小説を書くとき、文字が浮かぶ人、映像が流れる人、漫画のように静止画がつぎつぎと切り替わる人などがいるそうだ。においがしたり、はっきりと色が見えたり、風を感じたりすることもあるらしい。

凌は自分の中に、映像と台詞（せりふ）が流れだす。カメラワークで主人公の顔がアップになったり、引きの映像になったりする。痛みや、心地よさを感じたりもするし、暗転して何も見えないときは、キャラクターの心の声にじっと耳を傾けることもある。

ふたりの出会いのシーンが何度も頭の中で繰り返し再生され、凌はベッドから飛び起きた。

今、それを逃したくなくて、ビジネスデスクに向かう。

手持ちのノートをバッグから引っぱりだし、思いつくまま、罫線を無視して書き殴った。理路整然と人に伝わるような文章にするのは、このあとでいい。

自分で書いたキーワードやセンテンスにもかかわらず、あとからちゃんと読めないことはよくある。これしかないと思って書いた言葉の、意味すら分からないときもある。そういうものもあとからふいに生きたりするので、どんなに汚く書き散らかした紙でも、ずっと捨てられない。

「あぁ……紙、足りない。紙！」

なんか用があったら、内線1番のフロントに――吉嵩がそう言っていた。

吉嵩は仕事中だろうかと一瞬迷ったが、凌はベッド脇に置かれた電話の内線ボタンを押した。

3.

意識がゆっくりと浮上する。

目を開けて、時間など確認してしまったら眠りから覚めてしまう。まだ、あたたかいふとんの中に沈んでいたい。

きのうは、フロントにお願いした用紙を、清掃スタッフである金髪の彼が持ってきてくれた。

それからあれこれ紙に書いているうちに、早く小峰に見てもらいたくなった。そうするためには、内容をまとめたものをテキストデータにして、メールで送信しなければならない。電話でもいいけれど、スムーズなやり取りのためにも、テキストがあったほうがいい。

凌は思い立ったが吉日とばかりに、近くの家電量販店に飛び込んで、勢いでノートパソコンを買ってしまった。

デスクトップパソコンがある目白の自宅へ帰ろうかと、一度は考えた。

でもどうせここで、ラブホで執筆することになる――そう思ったからだ。

いつもとは違う環境のおかげか、頭が冴えている気がしたし、集中できた。

ラブホテルを舞台に、そこで働く人たちと、入れ代わり立ち代わりやってくる客たちが織りなす群像劇を、まさにその現場で、その空気の中で書いてみたい。

二十三時頃からノンストップで午前五時過ぎまで。キャラクターや物語の舞台をおおまかに決め、ざっくりした簡易版のプロットをつくった。この状態で一度、小峰に目を通してもらって、細かい直しを入れたあとに本提出用の綿密なプロット――いわば物語の設計図をつくる。

担当編集に見てもらえそうなかたちにどうにか整えたらほっと安心して、凌はメールを送信したあと、風呂も入らずに寝てしまった。

小峰はいつも午前十一時頃に編集部へ出勤すると聞いているから、最低でもその辺りまでは寝ていたい。

まどろみの中に気持ちよく浸っていたら背中に何かが当たって、凌はわずかに眉を寄せた。

ベッドの中でスマホを見ている途中で寝落ちしてしまい、朝目覚めたら肩で敷き込んでいたとか、床に落ちていたということはままある。しかし、踏んづけたりしてガラススクリーンを割りたくない。

目を開けず、背中側に手をやった。そこで予想外に大きな物体を摑み、いっきに覚醒する。

「――っ？」

はっと振り向いた凌は、身体を捻ったまま瞠目した。

なぜだか、同じベッドに吉嵩が寝ているのだ。さっき摑んだのは、彼の手だったらしい。

スタンドのほんのりとした明かりの中、息をとめて、そっと吉嵩の様子を窺った。

すやすやと熟睡中だ。

「…………」

もともと吉嵩のための部屋だが、一緒にここで寝る、なんて言っていただろうか？

——入ってきたのぜんぜん気づかなかった。いくら普段、寝泊まりに使ってるからって……。

きのう会ったばかりの凌が寝ているベッドに、まさか潜り込んでくるとは。

あんまりがつがつと距離を詰められると、凌は本来「いや、こっちはそんなつもりないんで」と二、三歩後退するタイプだ。

——この人のどこかから、セロトニン的な、不快にさせない安定成分でも出てんのかな……。

この状況に驚きこそすれ、さして不快には感じていないのが自分のことながら不思議に思う。

なんだかまだこの状況が現実とは思えないようなふわふわした気分で、凌はそっと寝返りをうち、眠っている吉嵩と向き合った。

彼の美しいかたちの眉の間から、すらりと伸びた鼻筋。下のほうがほんの少し厚いくちびるで、話すときはにこにこと笑みを浮かべていた。

——どんなに忙しくても不機嫌になったりしない人のような気がする。

日頃、不機嫌をあらわにしがちな人は、口角が下がり気味だ。

彼の顔の構造を、細部までじっと観察する。凌は人物の特徴を文章で描写するために、芸能人やファッション誌のモデルの顔を、細かに分析しながら見る癖がある。

——きのう、キスしたんだった。

寝起きのぼんやりした頭で、その場面までさかのぼった。

二度も重なったくちびる。柔らかで、少し冷たかった。

まさか、きのう生まれてはじめてキスした相手と、ひとつのベッドで朝を迎えてしまうとは。

なんだこの急展開、と小説の中の出来事なら突っ込んでいるところだ。

眠っている吉嵩の綺麗に整った顔を、飽きもせずに眺める。

睫毛が長くて、無防備な寝顔はちょっとかわいい。

――……眠くなったからいつものように寝ただけで、なんにも考えてなさそう。

先にここにいたのが女性なら、吉嵩だって自分の立場や常識など考えるのかもしれないが、凌が同じ歳の男だから、「まぁいっか」という具合なのだろう。

ふと、何時なのか気になった。部屋の窓には木製の扉がついていて陽の光が入らないから、時計を見ないと朝なのか夜なのかも分からない。

凌は、ベッドヘッドボードに置いていたスマホを手に取った。

ディスプレイを確認して「まだ八時半……」と声には出さずつぶやく。

凌がベッドに入ったのは午前五時半頃で、吉嵩が寝たのはそれよりあとになる。

――この調子で不規則な生活してそうなのに、疲れが肌に出てないのすごい。

スマホをもとの位置に戻し、あまり深く考えないで吉嵩のほうへふらりと手を伸ばす。

なめらかな肌質の頬にふれるかふれないかのところで、「この人、男だぞ?」と自分の中の自分が怪訝に問いかけてきて、凌は手をとめた。

吉嵩の目が薄く開いている。

今さら引っ込められなくなった凌の手と、「起きてたんなら」とうろたえる姿を見て、吉嵩は楽しげに笑うと再び瞼(まぶた)を閉じた。

「おんなじベッドで寝てる人が、ごそごそするからさぁ……」

寝起きの吉嵩の声は少し掠れていて、ゆったりとしたリズムと口調で、それがやけに色っぽい。

「……起こして、ごめん」

勝手に入ってきたのは吉嵩だが、現状、寝床を借りているのは凌だ。

言いようのない恥ずかしさが湧いてベッドを出るつもりで身を捩ったら、吉嵩の腕が横からぐるりと身体に巻きついてきた。

「えっ、ちょっ」

「そっちも寝たの朝方だろ？　も少し寝てようよ。俺も寝たの六時だったんだよ」

凌の就寝時間が分かっているらしい。寝る前に、コーヒーポットを清掃スタッフに引き取ってもらうため玄関口に置いたので、監視カメラで見ていたのだろう。

「寝るなら、ひとりのほうが……僕はソファーでも」

「ん……あとで朝ごはん作ってやるから……」

ナナメにずれた譲歩で宥められ、焦っているうちに凌の脚の間に吉嵩の脚が絡んできて、最終的に抱き枕みたいにされてしまった。

——何コレ、無邪気か……！

これまでの凌の人生において吉嵩は他に類を見ないほど強引なのに、あまりにも普通の態度なので、慌てている自分のほうが変に意識しすぎているのかと思い始める。

しかし、どうしてこんなになつかれているのだろう。吉嵩はまるで凌を逃がすまいとでもしているようだ。

「……よ、したか、さん？」

小声で名前を呼んだが、返事はない。おそるおそる横目で見ると、凌の肩の辺りに吉嵩のやけに安らかな寝顔があって、内心で「ひいっ」と悲鳴を上げながら目を背けた。

胸が半端ない速さでどくどくどくと鳴っている。吉嵩はまったく放してくれそうにない。

凌は反対に顔を向けたまま、ぎゅっと目を瞑った。

――これがいわゆる『彼氏み』……！

どういうときにこの『〜み』を使うのかいまいちぴんときていなかったが、凌はようやく、ここぞというタイミングで使用方法を会得した。

――じつは寝ぼけてて、途中から僕のこと女の子と勘違いしてるとか……！

小峰との会話から察するに、吉嵩の恋愛対象は女性限定のようだった。

左半身が、吉嵩の身体にぴたりとくっついている。

――じゃあ、僕は？　不快に感じるどころか、なんでこんなにどきどきしてんだよーっ？

凌の中で、己のゲイ疑惑が再燃する。これまであまりにも対人関係が希薄だったから、隠れた性的指向を自覚していなかったのかもしれない。

――……いや、でも……どきどきしてるだけで、男相手に性欲は湧かない気がする。

身近な小峰や友人らの姿を思い浮かべてみたが、脳内で「ないないない」と自分の声が全否定してきた。

――僕のゲイ疑惑検証のために、きのうと今日と二度も、小峰さんを引き合いに出してしまった。しかもまたナシ判定するとか、何様なんだよ。申し訳ない。ごめんなさい！

つまり、日頃スキンシップに慣れていないから、胸がこんなにも騒がしいのだ。

過剰にふれあってくる男に対してびっくりしているだけで、こっちは欲情してるわけではない、ということはゲイではないという分析結果に至った。

それに出会ってまだ二十四時間も経っていない。好意をいだくのに経過時間は関係ないかもしれないが、恋愛感情となるとこれもはっきり「ない」と言い切れる。

引き剝がそうと思えば可能だけど、六時に寝た人を起こしてしまうのはかわいそうだから、こうして動かず静かにしているのだ。これは普通の気遣いだ。

自分で納得できたので、凌はこの体勢から逃れるのを諦め、こわばっていた肩の力を抜いた。

おとなしく吉嵩のぬくもりに包まれているうちに、うとうとし始める。

――なんか、あったかいのが、気持ちいいだけだし……。

最初こそ異様にどきどきしていたものの、凌もまだ三時間くらいしか寝ていない。

きのう会ったばかりの他人に寄り添う行為がこんなにもしっくりとくるのは、少し肌寒くなり始めた季節のせいなのだ。

朝ごはん、といっても、ラブホに本格的な調理場はない。

「あるのは電子レンジと卓上の電磁調理器くらいだから」

そう言って吉嵩が『４０５』にルームサービスよろしく朝食を運んでくれたのは、午前十一時過ぎだった。部屋のソファーセットが食卓代わりだ。

厚焼きたまごのホットサンドとコーヒー。吉嵩がフロントからつながったところにあるパントリーで「五分くらいで作った」らしい。

凌が二度寝から目覚めたのは十時半で、そのときすでに隣に吉嵩はいなかった。寝覚めのシャワーを浴びてすっきりしたところに、宿泊客のチェックアウトラッシュでひと仕事終えた吉嵩が朝食を作ってきてくれたので、凌はバスローブ姿で吉嵩と並んでいる。

「こういう朝食、ラブホで食べれるなんてすごい」

「お客さんにはこういうの出さないよ。業務用のをレンチンするってかんじ。フードメニューを売りにしてるラブホもあるけど、うちは食品衛生責任者の俺がいるってだけで、調理師を雇ってないんだ。ちなみに、そこに添えたサラダはコンビニのやつね」

厚焼きたまごだと思ったのは、冷凍オムレツの二枚重ねだった。

具材は出来合いのものでもホットサンドメーカーでちゃんと焼いてあるので、パンの耳までかりかり。喫茶店のモーニングかなと思うくらいのクオリティだ。

「ホットサンドの中に入ってるチーズも、なんかおいしい」

「よかった。それは自分のおつまみ用に買っておいた専門店のチェダーチーズ。冷たいサンドイッチだと、普通のスライスチーズのほうが合う」

コーヒーもおかわりどうぞ、サラダ余ってるからもうちょっと食べる？　と甲斐甲斐しくお世話され、凌はありがたく思いながら食事を続けた。ひとりで冷たい菓子パンを囓るよりずっとおいしいし、よっぽど健康的だ。

食欲旺盛な凌を、吉嵩はほほえましいとでもいうように、楽しげに見てくる。

「凌くんがもしここで小説を執筆することになったら、俺がいろいろお世話するよ」

「お世話……？」

「この部屋の掃除、食事とかね。一緒に食べに出てもいいし。俺が忙しくて無理なときは、近くのコンビニか、デリバリーを利用してもらうけど。普段がこういう環境で生きてるから、コンビニ食材をアレンジしたり、レンチン食材のリメイクレシピならいくらでも出せる。あ、好きでやってるので、気を遣わずどうぞ」

そんなの悪いよ、と口を挟む間もなかったが、彼の厚意に本当に甘えていいのか分からず、凌はぎこちなく笑った。

「何か気になる？」

「どうして……そんなにしてくれるのかなって。吉嵩さんとは、きのう会ったばかりだし」

凌の疑問に吉嵩は一瞬押し黙り、「気に入ってるから」とあっけらかんとして答えた。

しかしどこをどう気に入られたのか、よく分からないのだ。それに凌が得をするばかりで、吉嵩のほうにはこれといってメリットがない。

「俺の周りにいなかったタイプなんだよね。こんなふうに言ったら、どんな反応して、どんな表情するんだろって気になる。またその反応がツボるんだよなぁ。それでますますなんかしてあげたくなる……ってかんじかな。それがいい意味であんまり作家さんぽくなくて、好感触」

吉嵩は自分の中の感情を表す言葉をちゃんと探して丁寧に変換するように、そう話してくれた。つまり、ちょっと珍しいものを見つけて、いっときそれに嵌まる感覚に近いのかもしれない。

「きのうここで仕事してみて、環境的にはどうだった？」

「不思議なくらい集中できた。カフェはどうも気が散ってダメだったりしたけど」

それに、ラブホテルを題材にして書きたい、という気持ちが盛り上がっているからよけいに、最高の環境に思える。

「まずはひと月、レンタルルーム的に使ってみたら？」

「僕はありがたいけど……ほんとにいいのかな」

本気なのか冗談なのか、月額３万円、ときのう吉嵩が言っていた。渋谷区道玄坂で、光熱費分くらいにしかならない気がする金額だ。

「ほんとも何も、俺が勧めたんだしね。自宅から毎日通うもよし、帰るの面倒だったらお泊まりするもよし。お風呂も使いたければ好きな時間にどうぞ。今日は俺が勝手にベッドに入っちゃったけど、小説の執筆が始まったら邪魔しないようにする」

「でも、ベッドは僕が借りてるみたいなものだし」

「あ、そう？　じゃあ、ベッドは広いし、ときどき帰ってくることもある同居人的な扱いでよろしく」

――ええっ？　邪魔しないように心がけるけどまた一緒に寝るかも、ってこと？

そう宣言されるとちょっと……と再び言い損ね、しかし遠慮の気持ちがあるだけで、実際いやだったわけじゃないな、と思ってしまった。

それにお互い活動時間が不規則だ。毎日「さて、一緒に寝ましょうか」というかんじでベッドに入るわけではないだろうから、自分ばかりが意識するのはおかしい。たぶん。

「まだプロットも通ってない段階だけど、しばらくお世話になります」

すると吉嵩が「それ敬語？」と光の速さで突っ込んできたので、凌は背筋を緊張させて、ざっと身を引いた。

――またあんなキスされたら困る！

「いやっ、親しき仲にも礼儀ありっていうでしょ？　人にお願いをするときとか、お礼やあいさつをするときにタメ語はだめだと思う、普通に！」

きのうだってたしか「お昼にいただいたコーヒー」と表現した瞬間に「それ敬語？」と指摘されて、つい動揺してしまったのが敗因だったのだ。

吉嵩は「そう何度も同じ手に引っかからないか」と楽しげだ。

――もしかして、気づいてない……？

今朝もとくにコメントがなく、きのうのあれが凌にとってははじめてのキスだったということを、吉嵩は分かっていないのかもしれない。

「なんでそんなにキスのチャンス狙ってるのか、意味が分からない」

「だって、凌くんがあんまりかわいいからさぁ。あれが凌くんにとってはじめてのキスだったなんて知ったらますます……」

最後のひとくちで放り込んだパンを吐き出しそうになり、凌はぐふっと噎せながらもこらえた。

——や、やっぱり分かってたんだーっ！

すかさず吉嵩に「どうぞ」と手渡された水を飲んで、口の中のものを嚥下する。

恥ずかしさで、すぐに顔を上げられない。

——ふざけてるだけとか、なつかれてるっていうか……これは、からかわれてるんだ。

きっと今までさんざん女の子と遊んできたんだろうから、毛色の違うおもちゃを手に入れた気分なのだろう。

「……ますます、って」

凌はちらりと吉嵩のほうに目をやった。でも彼の表情を見る勇気がなく、シャツの二番目辺りのボタンに視線をとどめてしまう。

「ますますかわいいなって」

「ば、ばかにしてるんだっ？」

とうとう顔を上げたら、吉嵩は優しい顔でほほえんでいた。

「ばかになんてしてないよ」

たしかに、ばかにしているかんじはないものの、ずいっと、吉嵩が身をのりだしてきたので、凌は「何っ？」と声をひっくり返らせて仰け反った。

「キスはしたことなくて、えっちだけしたことある……わけはないよね。風俗の経験はないって、凌くんが話してたしね」

凌は眉を寄せ、奥歯をぐっと噛んで沈黙する。

「つまりさ、凌くんの小説……献本で貰った本にあったそういうシーンは、まるっきり想像で書いたってこと？」

まるっきり想像で――その言葉が胸にどすんときた。

「そ………そう、です」

「ええーっ、逆にすごくないっ？」

明るく長刀を振り下ろすのはやめてほしい。

ざんっと斬られた気分で、凌は目を瞑ってそのままソファーに、横向きで倒れ込んだ。

「……ていうか、僕の小説……読んでくれたの？」

「小峰さんが何日か前に、凌くんのプロフィールと一緒に新刊の文庫を一冊入れて送ってくれてたんだ」

吉嵩は新刊と言ったが、ハードカバーは二年前に発売している。とはいえ文庫化までのタイムラグに色恋のひとつもなかったので、その辺の事情に変化はない。

「俺、普段あんまり小説を読み慣れてなくて、まだ半分くらいだけど。ほら、エロいシーンだけ先に探して読んだからさ」

「どういう読み方だよ……、いや、分かるけどー……」

えっちなシーンだけ読みました、とわざわざ伝えてくるような読者にもはじめて会った。

「俺、湊くんのデビュー作は読んだよ、高校生んとき」

「えっ？　読んでくれてたのっ？」

驚いて目を開けたら、ソファーの背もたれに手をついた吉嵩に、上から覗かれる格好になっていた。押し倒されてるみたいで、異様にどきっとする。

「キスシーンしかなかったけど」

「そ、そこっ？」

「同じ歳の男子高校生が、どういうの書くんだろって、そこがいちばん気になるよ」

読まれる側として、そんなふうには考えたことがなかったから、そう言われるとなるほどと妙に納得してしまった。

「でも、その本はちゃんと最後まで読んだよ。二年後に公開された映画も観に行った」

まさか吉嵩が、デビュー作を読んでくれてたなんて思いもしなかった。

いくら見本誌を貰ったとしても、小説を読まない人はページを開きもしないものだ。

なんとなく、見た目の印象から、吉嵩もそういう部類の人だと思っていた。それが、まさかデビュー作を読んで、映画を観てくれていたとは。映画を観ても原作は読んでない、という人のほうが遥かに多いのに——だからよけいにうれしい。

湊はひとまず身を起こし、「あり、がとう、ございます」とたどたどしく礼を述べた。

いつもにこにこと朗らかな吉嵩に無言でじっと見つめられて、なんだかおもはゆい。

「申し訳ないんだけど、俺もともとそんなに小説読まないし、うまいこと感想とか言えないから……。そりゃあ、記憶に残んないよね……」

「い、いや、エロいシーンだけ先に読んだなんて言われたのはじめてで、むしろ強烈に記憶に残るよ」

すると吉嵩が「そうじゃなくて……」と残念そうに下を向いた。表情が気になったのもつかの間、顔を上げた彼はいつもどおりににっと笑っている。

「やっぱり端的に言うことしかできないけど、おもしろかった。映画になったとき、『頭で思い浮かべたのと同じだ』ってちょっと感動したし。終盤の、すすき野原のシーン」

ちゃんと読んでくれてる、と伝わる言葉に、胸がぎゅっと絞られた。

「おもしろかった、なんてストレートな感想、ほんとにうれしい」

伝える言葉の長さに関係なく、心からそう思う。

サイン会のオファーを受けても断ってしまうので、目の前で読者からの感想を伝えられたことはほぼない。だから愛の告白でもされているようなどきどきと、くすぐったさもある。

「ごめん、でも、その一冊しかちゃんとぜんぶ読んでなくて」

正直にそんな報告までしてくれる彼の言葉に、凌は「ううん、そんなことはいいよ」とうなずきながら笑ってしまった。

「忙しいのに、見本誌も、エロいシーンだけはとりあえず読んでくれたんだ」

「そこにいちばん興味があるのは、今も昔も変わらない」

凌はぶっとふきだした。

ふたりとも笑いがとまらない。向き合ったまましばらく笑い合った。

「それがよもや妄想だけで書かれてるとは思わなかった、と」

「思わないでしょ。小峰さんは知ってんの？」

「まさか。いちいち言わないよ。童貞です、なんて」

あらためて言葉にすると、しんとしてしまった。だから俯きながらも開き直って「沈黙つらい」と申し出る。ややあって凌がちらりと目線を上げると、吉嵩に「よしよし」と頭をなでられた。

「で、小峰さんは童貞の凌くんにぶっちゃけ、エロい話を書いてほしいって考えてるわけだよね」

「いちいち『童貞の』って言わなくていいから」

深刻に扱われるほうがつらいので、吉嵩の軽さがちょうどいい。

「人間の性愛とか欲望を、ふんわりとごまかしたりせずに、真正面から追求するようなものを書いてほしいってことだと思う。だから必然的に、格段に、性描写は増えるよね……」

性描写の語彙力だけを上げればいいわけではない。

自分の身体で相手をどういうふうに感じるものなのか、どんなふうに相手を感じさせたいのか。

実際に体感していないため、自分の中から生まれる言葉では表現できていない。

——自慰の気持ちよさしか知らないもんな。

これまでも、子どもの頃から鍛えられた、たくましい妄想力だけが頼りだった。

「ぜんぶ妄想だけで書くの？」

「男性向けの漫画をよく読むよ。男側の感じ方より女性側のことを詳細に描いてあるから、想像するための情報源が豊富で……」

「凌くん、エロ漫画とか読んでんだ」

「そういうの読まなきゃぜんぜん分かんないし」

「ああいうのは大げさに描かれてるから、むしろ凌くん、どえらいエロ妄想してそうだな」

「童貞のほうがエロい説」

ずいぶん開き直って暴露してしまっているが、同業者にも担当編集にも話したことはない。

「もう、いっそ経験したほうがよくない？」

いかにも引く手あまたの吉嵩らしい、軽率で雑なアドバイスだ。

「いや、でも、風俗とかは」

「風俗じゃなくて」

「そんなのますます『じゃあ、誰と？』ってかんじだよ」

「俺とか」

今度はナナメ上から鉄球が飛んできた。

冗談にもほどがあるが、冗談に本気で反応するほど凌も子どもじゃないのだ。

凌が破顔すると、吉嵩だって「えー、そこで笑う？」と顰笑（ひんしょう）している。

「恋愛もしないでいきなり身体からって、それだと風俗でもいいって話になるし」

「風俗……でもいい……って、俺の扱いが風俗……まぁ、そうだねー……ハハハ……」

今度は吉嵩が、凌と逆のほうへぱたりと倒れた。

「吉嵩さん？　え？　吉嵩さんが風俗と同じとは言ってないよっ！」

吉嵩は壊れた機械みたいに「うん。ううん。うう」と意味の分からない言葉を繰り返している。

そのとき、吉嵩のトランシーバーから『吉嵩さんにお客さんです』とタケルの声が聞こえた。

凌のスマホも着信音が鳴り、見ると編集部の小峰専用の番号が表示されている。

ふたりとも仕事に戻ることになり、自分の恥ずかしい暴露話がなんとなく笑い話で終われて、凌はほっとした。

4.

気分転換と小ネタ探しと妄想散歩を兼ねて、朝のラブホテル街をゆっくり歩く。

プロットが固まり、ようやく初稿に入ったところ。執筆速度が上がるまでかなり時間が必要で、二十二時過ぎに目白の自宅に帰り、朝になると電車に乗って道玄坂にやってくる毎日だ。

凌が新作のための仕事場にしているラブホテル『bloomin'』。ラブホテルを舞台にした群像劇を執筆するのに、これ以上に似合いの場所はないと思う。しかしずっと泊まり込むのは不健康なので、規則正しく生活するために通勤スタイルを取っているというわけだ。

母親にラブホテルで執筆することを話したときは驚いていたけれど、その場所を選んだ意味や、心身の健康まで考えて決めたのだと知ると喜んで賛成してくれた。部屋にこもってばかりの凌の身体を、誰よりも心配していたのは身近な家族だ。

太陽の光を浴び、多少なりとも身体を動かしてから仕事場に入るので、着いた頃には脳も活性化されている。オンとオフにスイッチが切り替わり、原稿へ向かう気持ちや行動がスムーズだ。

「おはようございます」

フロントを覗くと、寝ていたタケルがぱっと目を開けて、「おはようございます」と明るくあいさつしてくれる。椅子に座ったまま仮眠中だったようだ。彼の特技は三分で熟睡状態に入り、一秒で覚醒することらしい。

タケルは凌の三つ年下の二十四歳で、吉嵩が絶大な信頼を寄せているフロントマネージャー。仕事が速く、機転が利くし、気遣いも濃やかだ。

「吉嵩さん、『405』で寝てます。九時に起こせって言われてるんで、凌さんが起こしてやってくれますか?」

「了解。あ、これ、食べて。吉嵩さんと、清掃スタッフさんのも入っている」

来る途中で買ったコッペパンサンドを、タケルは「あざーす」とにこにこしながら受け取った。

「エレベーター、今いいですよ」

客と客、ホテルスタッフと客がエレベーターや廊下でバッティングしないように配慮するのも、フロントマネージャーの仕事だ。

凌は一階のエレベーターに乗り込んだ。向かうのは四階の『405』。仕事場として通うようになって、三週間が経つ。その間にラブホテルのあちこちを、ずいぶん見学させてもらった。

例えば清掃スタッフの控え室。畳敷きで、狭いけれどシャワー室付きだ。

パントリーは、清掃スタッフの控え室とフロントの間にあり、簡易の厨房になっている。フロントで客からの注文を受け、レンチンなどして、それを清掃スタッフが運ぶ、という流れらしい。場合によってはタケルも清掃に回ることがある。ホテル全体のコントロールを担うフロントマネージャーはオールマイティーだ。ホテルオーナーの片腕と言っても差し支えないだろう。

見学の中でもとくに刺激的なのは、やはり客室清掃の現場だった。

初日の見学のとき以上にえぐい状況の客室も入らせてもらった。想像できる程度、見せられる範囲の綺麗な部分だけじゃなく、真実を見たいし、知りたいからだ。

凌が『405』でパソコンに向かっているとき、隣の特別室『406』に客が入ったことが数回あった。そんなときは「BGMでも流しておいて」と吉嵩から連絡が入る。

隣のあの部屋で普通ではない濃厚なセックスをしている人たちがいるとあらかじめ知らされると、最初の頃はどうにも落ち着かなかったものの、今や妄想の燃料になっている。

小説のネタはラブホテルの外にもある。

あるとき道玄坂で、通りすがりのデリヘル嬢から「今度はわたしも呼んでね」と名刺を貰った。息抜きをかねて凌がときどきラブホテル街を妄想散歩しているため、『お客さん』と勘違いされたのだ。そのときダメモトでその女性に「デリヘルと同じ料金を払うので取材させてほしい」と頼んでみたらOKだった。

でもいくら取材とはいえ『405』でデリヘル嬢とふたりきりになるのは困るので、吉嵩に頼んで同席してもらった。

――取材のために来てもらったのに、嬢に「時間余ってるから口でしてあげようか?」って訊かれたのは、びっくりだったな。

凌が断るより早く吉嵩が笑いながら「だめー」ととめてくれたけれど。

そうやって取材した人たちの、ノンフィクションを書くわけじゃない。集めたパーツと自分の中にもともとあるパーツを組み上げ、妄想し、練り上げる。そうやって数回プロットをやり直して、初稿に入ったのはつい数日前のことだった。

プロットの内容やキャラクターを頭に思い浮かべたままエレベーターを降り、仕事場として使っている『４０５』に入室する。

吉嵩もときどきそこを仮眠室として使っているが、今のところ凌がパソコンに向かっている時間に彼が部屋へ入ってきたことはない。日中、フロント裏のソファーで吉嵩が寝ているのを見たことがあるので、きっと気を遣ってくれているのだ。

ベッドで寝ている吉嵩を起こさないように静かに荷物を置いて、シェルパーカを椅子に引っかけ、ノートパソコンの電源を入れた。

小説のデータはクラウドで共有しているので、ここでも自宅でも、続きから書くことができる。

初稿はようやく始まったばかりなので、書き進んでは最初に戻り、細かいところを直してはまた少し進み……という亀の歩みを毎日繰り返している。

新作は群像劇で多視点だが、デリヘル嬢とラブホの清掃スタッフを主人公にした。どちらも凌にとって、これまでの人生で身近にはいなかったキャラクターだ。キャラもまだ完全には凌のものになっていない。

「まだ遠いな……摑めてない……」

執筆のエンジンがかかると、すでに書いた部分を振り返る必要がなくなる。さらにトップギアに入ると、頭で文章を練らなくてもキャラが指先に乗り移ったみたいにするすると動くのだが。

横目でデジタル表示の時計を見ると、九時二分。

「あ、起こさなきゃ」

吉嵩が寝ているベッドに上がり、凌は四つん這いでこんもりしたかたまりに近付いた。吉嵩はこちらに背を向けている。

「吉嵩さーん、九時だよー、起きてくださ〜い」

人を起こすときはできるだけ優しく。肩の辺りをぽんぽんとたたいて、もう一度「起きてくださ〜い」と声をかけたら、大きなかたまりがいきなり動いて、腕を摑まれ、瞬く間にベッドにひっくり返されてしまった。

「――わ、ちょっ……」

熊が両手を上げて襲ってくるみたいにして上掛けの内側に引きずり込まれ、覆い被さられた。途端に視界が真っ暗になる。「吉嵩さんー！」と叫んでも、退いてくれない。

――ええ〜っ、いつもすんなり起きてくれるのにっ？

これまでに数回、ここで寝ている吉嵩を起こしたけれど、手こずったことはないのだ。とうとう吉嵩の胸に抱かれて、うっかり彼のにおいを吸い、どきんっとする。そのときなぜだか腰の辺りがじわっと熱くなって、凌は困惑しながら身じろいだ。

「う……あっ、ちょっと、ひゃっ、わっ」

いつの間にか、吉嵩の手がプルオーバーの下に入っている。背中の素肌に大きな手のひらを感じて、凌はもう一度「わーっ！」と大声を上げた。それでも吉嵩は「うるせーよ」とぜんぜん聞いてくれない。

「あと三十分」

「ふ、普通、そういうときは『あと十分』って控えめに言うもんじゃないっ？」

「寝たの六時だったんだよぅ……」

毎日じゃなくても、本当に吉嵩の生活リズムは不規則だ。そのうち倒れるんじゃないかと心配になる。

「吉嵩さっ……手、背中の手はっ、そこから出して！」

「んん～……」

うるさいなぁ、とでも言いたげに唸りながら、突っ込んでいた手は抜いてくれた。

でもいまだに、身体をすっぽり覆うようなホールドで抱きしめられている。それが優しい強さで、重みとぬくもりが心地よくて、気持ちいい。これはまずい。本当に困る。

「……凌くん、心臓すごいどきどきしてる」

「そんなのっ……しょ、しょうがないでしょ」

真っ暗な中、耳元で雰囲気ある声で喋るのはやめてほしい。

「く、くるしい、息」

頬が熱い。熱がこもって、ますます周辺の酸素がたりなくなっている気がする。

凌は頭までかぶっていた上掛けを、どうにか動かせる手で引っ張り、顔だけ出した。

呼吸困難による混乱で、下半身のおかしな事態も治まったようだ。

——あーびっくりした。僕もなんなんだよ～。

ちらっと横を見ると、凌のすぐ傍に、目を瞑った吉嵩がいる。睫毛が長くて、しゅっと高い鼻梁で、男らしく薄い頬で、美術館に飾ってもよさそうな美男子だ。

——男の僕でもどきどきするくらい、めっちゃかっこいい。かっこいいけど、今かなり面倒くさい！

「も～……、タケルくんに頼まれてんだからさぁ。起きてー。僕も原稿やんなきゃだし」

「……キスしてくれたら起きる」

「何それ……」

面倒くさい、がマックスだ。以前は『敬語禁止』を守れなかったときの罰ゲームの意味があったのに、ついにそういう『キスの条件』すらなくなっている。

「もう三週間もしてない」

——なんでその補塡を、僕がしなきゃならないの。

女の子としてない、と言っているのかと思い、「こっちは二十七年もしてないけど」と返したら、しばらく経って吉嵩が肩を揺らして笑い始めた。

「嗤わなくたって……。失礼な」

この三週間で何度か、吉嵩が女性と親しげに話しているところを目撃した。コーヒー豆専門店の深煎り豆を配達しているおしゃれ女子、リネン業者の女性、デリヘル嬢、キャバ嬢などなど。キャバ嬢は吉嵩の腕に腕を絡めてべたべたしているのを見た。

いつもの勝手な妄想だけど、こんなふうに凌にしていることを、あのキャバ嬢にもしていそうだし、ベッドにいる相手が積極的な女性だったら添い寝ではすまないに決まっている。

「吉嵩さんみたいにモテる男からすれば、二十七年も寝かせたら発酵してしまう、って思ってるんでしょ」

横目で文句を言って睨めたら、吉嵩と目が合った。

この至近距離は心臓に悪い。しかも吉嵩はとろんとした寝起きの顔だ。

——出た、彼氏み……！

視線が絡んだまま外せなくなり、まるで金縛りみたいだと思った瞬間に。

「んっ……」

キスされていた。

くちびるが重なり、離れる間際、下唇を軽く吸われる。

「……っ……」

一度は治まっていたのに、再び腰にじんときてしまい、凌はどうにか悲鳴を呑み込んで腕を突き出した。でも間に合わなかった。凌を俯瞰で見下ろす吉嵩は、「……これ、甘勃ちしてる？」と、うっすらうれしそうにしている。

バレないようにずっとがんばっていたのに、水の泡だ。

「しにたくなるから言わないで」

この程度で反応してしまう童貞くん、と嗤われている気がした。何がなんだか分からないのに、不可抗力で生理現象が起こってしまうのもくやしい。

「……三回……吉嵩さんとばっかり、キスを三回も」

「俺としかしたことないなんて、たまんない」

「そっちは女の子の穴埋めのつもりだろうけどっ。このままじゃ僕は吉嵩さんとのキスの思い出だけで一生が終わりそうな気がする……！」

凌の嘆きに、吉嵩は虚を衝かれたような相貌だ。

「……そんなんじゃないのにな……」

小さくぼやいて、わずかな沈黙のあと、吉嵩は明るい調子で「起きまーす」とベッドを下りた。

凌ももぞもぞと起き上がる。相手があまりにもあっけらかんとしているので、二回も三回もそんな大差ないか……、と思ってくるからおそろしい。

「プロット？　それ終わって初稿だっけ？　入ったんでしょ？　いちおう、邪魔しちゃ悪いなと思ってたから、凌くんに絡むのずっと我慢してたんだよね」

「初稿入ったから、邪魔しちゃ悪いなと思ってほしい……」

吉嵩は聞いているのかいないのか、腕を伸ばし、背伸びをするといった簡単なストレッチを終え、凌を見遣ってにんまりとした。

「今晩、ちょっと飲みに行かない？　うまいもん食べて、うまい酒飲もう」

「え？」

「小峰さんが言ってたんだよ。『筆がのるまで少し時間がかかるから、息抜きかねて無駄話するのもいいんじゃないか』って。あ、俺が小峰さんに『差し入れとかするの邪魔になるかな』って訊いたから、そう答えてくれたんだけどね」

「う……」

さすが担当編集。凌は筆がのってトップギアに入ったら「何人たりとも邪魔するべからず」という無双状態になるのだが、そこに至るまでは孤独にもだもだと悩んだり、訳もなく不安になったり、挙げ句の果てには「ダメ作家なんだ」と自分を追い込んだりしてしまう。

そこから這い上がるのも結局自分自身だし、これまでもそうしてきた。でもいつもと違う環境に身を置いて、新境地にチャレンジしているから、小峰がそんなアドバイスをしたのだろう。

「いや、あの、お気遣いはうれしいけど、僕こそ吉嵩さんの邪魔はしたくないよ」

ラブホテルは夜がピークタイムだ。その時間に吉嵩が抜けたら、多大なる迷惑をかけるに決まっている。

「俺もまともな休みなく、ほんとーに、ずーっと働いてんのよ」

「見てて分かります」

「で、今夜からあしたの昼まで臨時のバイトさんが入ってくれることになって、数カ月ぶりにお休みいただきました。俺のフォローは俺がしないと誰もやらない」

フロントのタケルは「週一ですけど完全休日、貰ってますよ」と話していた。清掃スタッフもシフト制で働いているし、休日もある。しかしオーナーの吉嵩は、清掃は言わずもがな、スタッフのフォローや穴埋めもしているので、基本的にほとんどホテル内にいて実質無休だ。

「ここで食べるのコンビニ食材とかレンチンアレンジばっかだったでしょ。だからたまにはね」

サラダチキンをアレンジした春雨中華サラダ、ミートソースとポテトサラダを使ったドリア、おでんにフリーズドライの酸辣湯（サンラータン）を加えたひとり鍋……吉嵩が「自分のを作るついでだから」とあれこれ出してくれて、じつはこの三週間で凌は一・五キロも太ったのだ。

「いつもどれもおいしくて、最高ですし」

「凌くんはもちょっと太っていいよ。ガリじゃん」

　ラブホの仕事が筋トレ同然の吉嵩からすると、凌は色白だし、もやしみたいにひょろひょろに見えるらしい。

「今晩連れて行きたいのは日本酒がずらっと並ぶ居酒屋でね。地鶏の炭火焼き、たまごやチーズやイカの燻製類も豊富で、合鴨のねぎ焼き、牡蠣のオイル漬け……。洋風のだとパテ・ド・カンパーニュとか、クリームソースを軽くかけたウニの炙り……箱盛りで、これ絶品」

　吉嵩があげてくれるメニューがどれもおいしそうで、口がぽかんと開いてしまう。

「食べたい人ー、はーい」

　挙手を促され、思わず凌はさっと右手を挙げてしまった。吉嵩は「食い気に素直でよろしい」と満足げににこにこしている。

「というわけで、今晩はつきあってね、せんせ」

　声にハートマークをのせてウインクなどして、吉嵩は『４０５』を出て行った。

　誘い方は強引だけど、凌の仕事や事情についても吉嵩がちゃんと考えてくれているのは、これまでのことからも伝わる。

　実際、取りかかったばかりの原稿は、泥濘（でいねい）の中をぐるぐるしている感覚だ。そこを抜け出すためのヒントやきっかけが欲しいなと思っていた。

「……まぁ、仕事にかこつけてる感あるけど。単純においしいものは食べたいわけで」

本音であり、建前でもある。気持ちに忠実に言うなら、吉嵩が誘ってくれたのがうれしいし、おいしいものがいっぱいの居酒屋にふたりで飲みに行くなんて楽しみでしかない。

早々にも浮き立った気持ちで、ノートパソコンの前に座る。

「……よし。今日は夜までがんばろ」

今夜のごほうびを執筆の燃料にして、凌は書きかけの原稿を開いた。


道玄坂から山手線を越えて、区役所方面へ徒歩十五分ほど。

渋谷の喧騒を離れた小路にある居酒屋の個室で、吉嵩のおすすめの料理と、発泡清酒のあとは日本酒の飲み比べセットを目の前に並べてもらった。

「この右端のが好きかな。あ、でも真ん中のも飲みやすい」

「凌くんは秋田と新潟のやつが好きなんだな」

「最初の発泡酒もおいしかったな〜、あー、なんでもおいしい、吉嵩さん、おいしいです！」

「それはよかった。凌くんごきげんだし」

向かいに座る吉嵩もにこやかに飲んでいるし、しあわせな気分で頬がゆるむ。

乾杯した二十時からまだ一時間も経っていないのに、軽快に飲んでしまった。

吉嵩のおすすめでオーダーした小鉢九種盛りはもちろん、お通しで出された里芋のそぼろあんかけ、湯葉とほうれんそうのおひたしもおいしかった。カウンターに飲みきれないほどの種類の酒瓶が並べられていて、それを眺めるだけでわくわくする。お店の雰囲気もいい。

次の料理を運んでくれた和服美人さんは、吉嵩と顔見知りらしい。ちょっと年上みたいだ。

「吉嵩さんのお連れの方、ずいぶんお若い……お友だち？」

「こう見えて同級生」

「えっ、そうなのっ？　吉嵩さんがふけすぎ～」

「うるさいよ」

彼女は「あはは」と笑いながら『ローストビーフの山葵(わさび)醤油がけ』をテーブルに置いてふすまを閉めた。

なんとなく、もやっとするものを感じる。気の置けない仲、というかんじの会話だった。

「……今の人、吉嵩さんの元カノだったりして」

「ちがうよ」

即座に否定されて、だからってぜんぜんほっとしない。

「なんか吉嵩さんに話しかけてくる世の中の女の人、みんな吉嵩さんの元カノに見える」

「コーヒー豆を届けてくれる子も？　リネン業者さんも？　デリヘルの子も？　清掃スタッフのおばちゃんも？」

「いやっ、さすがに清掃のおばちゃんは……」

「それは失礼でしょ」

「失礼ですけども。はい」

酔っているので口が滑る。いつも思っていても、なかなか訊けなかったことだ。

「俺をどんだけ遊び人だと思ってんのよ」

「吉嵩さんに話しかけてくる世の中の女の人がみんな元カノに見えるくらいには」

「だからほんとひでーわ」

「今までも僕以外の人といっぱいキスとかしたんでしょ？　僕は吉嵩さんだけなのに。どういうことだよ」

言ってることがおかしいのはちょっと分かるけれど、口がとまらないのだ。お酒ってこわい。

吉嵩は軽く笑って、「湊くん、キスしよっか」なんて軽く問いかけてくる。

「しない。三回が四回になるだけじゃん。あいかわらず吉嵩さんだけじゃん」

「数えてんの、かわいい」

「ばかにしてー」

むすっとしながらローストビーフを引き寄せ、取り皿にのせる。

「世界中のみんなが、今この瞬間にも、誰かと恋してるのに。僕は食べるか書くか寝るかだよ。この先もずっと、ずーっと」

「みんなってことはないと思うよ」

「創り出したキャラクターの恋や愛を描くばっかりで、自分のことはなおざりの人生だ」

もしゃもしゃとローストビーフを咀嚼する。山葵醤油が鼻の奥につんときて、凌は「ん」と眉を寄せた。辛味成分の刺激で、目尻に涙が滲む。

「凌くんは頭で恋愛するタイプかな。よけいなこと考えすぎてブレーキ踏みまくって、結果、落ちないから、先に身体に分からせるくらいでいいと思うんだよね」

「頭で恋愛しないでどこで恋愛すんの。僕は頭でいつも恋愛を考えてる」

「それは小説の、でしょ。小説を書くのに懸命なのは作家さんとして素晴らしいことなんだろうけど、恋愛は心でするもんだよ。どきどきしたり、ぎりぎりしたり、ざわざわしたり。本能的に持ってる感覚と衝動でしょ。そんなふうに、山葵が鼻の奥につんとくるような、自分じゃどうしようもない、心の現象だよ」

吉嵩の言葉は、ときどきものすごく、凌の胸を突いてくる。

凌は「んー……」と唸って、どきどきと、ぎりぎりと、ざわざわについて、思いを巡らせた。

懸命に考えてしまうのは、染みついた癖だ。

どきどきなら、わりと頻繁にしている。最近はおもに、吉嵩といるときに。

だけどあれは、凌がびっくりしたり慌てるようなことを、吉嵩がいきなりしてくるからだ。

「僕は……吉嵩さんとキスするとき、どきどきしてるけど。今日の朝のも、わーってなったし。うっかり、ちょっと勃っちゃったのも、バレてさ……。恥ずかしすぎる」

何を正直に話してんだろ、と自分で自分の発言に困惑する。

「これがもし恋だったら、どうしよう、困る」

頭で考えたことを、口が勝手にぺらぺらと喋ってしまうのはお酒のせいだ。

あれこれ反芻したら急に恥ずかしくなってきて、吉嵩の表情を確認できないまま、凌は五個ならんだ猪口を右から順にぐい、ぐい、ぐい、と飲み干した。

――さすがにそれは恋とは違うやつだよ、と吉嵩さんにちゃんと否定してほしい……！

四つ目を飲み、最後のひとつに向かったとき、吉嵩に手の甲を強く摑まれた。

きゅうっと喉を絞るような、焼けるような感覚。それが日本酒によるものなのかよく分からない。くらくらしながらぎゅっと目を瞑る。

「三回が四回になるだけ、なんだよね？」

「……え？」

問われて顔を上げた。吉嵩はいつだって余裕のある表情で凌を翻弄する。

「いやじゃないんだもんね？」

鉛を埋められたみたいに頭の動きが鈍い。でも追い詰められているのは分かった。

凌の手を放すことなく吉嵩が立ち上がり、テーブルを回り込んでこちらへやってくる。その様子をただ素直に目で追っていたので、吉嵩が凌の傍に座るまでじっと見守ってしまった。

「…………」

吉嵩にもう一度、目で問われた気がした。お酒だけのせいじゃなく、鼓動が速い。

背後から腕が回り、軽く引き寄せられたら、もう何をされるかなんとなく分かっている。

互いに薄く目を開けたまま、四回目のキスをした。

それだけではすまなくて、再び重なり、くちびるをくすぐるようなキスを何度もされる。途中で「七……八……」と吉嵩が数えている声が耳に届いたから、思わず笑ってしまった。凌もどきどきしながら、心の中で数えていたのだ。

「……じゅっかいも、しちゃったよ？」

そう告げられて、凌はいつの間にか閉じていた瞼を上げる。

間近に吉嵩の甘いほほえみを見つけた。凌はとろりとした心地で、目線を泳がせる。

「……やじゃないんだけど……僕、もしかしてゲイなのかな……」

さっきまで否定してほしいと願っていた、自分にとっておそろしい問いかけだ。

「俺もゲイじゃないよ。でもそういうのこそ、頭で考えなくていいんじゃない？　したいからするんだよ」

わりと重要な問題だと思っていたのに、吉嵩はいともたやすく、そう返してきた。

小説の中でも、凌の知る限り現実の世界でも、たいがいの人は異性と恋愛し、性的な行為をしている。

それとも凌が気づいていないだけで、みんなこっそり、こんなふうにしているのだろうか。

「……吉嵩さんは、僕とキスしたいの？」

凌の問いに、吉嵩は喉の奥で笑う。

「今さらな質問だな。そうだよ。したいよ」

どうして、とは訊いちゃいけないのだろうか。

――つまり僕は、納得できる理由が欲しいのか。心の赴くまま、衝動的なものだとか。特別の理由なんて考える必要はないと吉嵩にアドバイスされたのだから、彼自身がそう考えているのだろう。

――僕は……吉嵩さんにされてなければ、こんな状況は考えもしなかったことだ。

優しくて面倒見がよくて、かっこいい――凌はそんなふうに、吉嵩を好意的に想っている。でもこれが恋愛感情なのかは、分からない。

では、流されているだけなのだろうか。

凌がのろのろとしか動かない鈍い頭を回転させようと必死なときに、吉嵩が今度は耳にくちづけてきた。耳殻や耳朶に舌を這わされ、食まれて、「ひ、」と変な声が出てしまう。耳孔に舌を突っ込まれて、奥歯を噛むことしかできない。

「おんなじこと、口にもしていい?」

「……くち……?」

何をするつもりなのか予告されているのに、すでに腰はがくがくで、背骨を抜かれてしまったのかというほど力が入っていない。

ろくに抵抗もできないで、吉嵩にすっかり抱擁された。

くるまれた腕の中でくちづけられる。十回目までの、子どもみたいなキスじゃない。

自分がアイスクリームにでもなったように、吉嵩の熱にとろかされて、舐め取られて、ゆっくりと食べられているみたいだ。

上唇の内側にぬるりと舌が入ってきて、歯列を舐められたら首の力も抜けてしまった。その首筋を優しく宥めるようになでられるのが、すごく気持ちいい。

顎の噛み合わせの両側の骨を押されると、勝手に口がゆるむ。隙間から吉嵩の舌が深く入り込んで、上顎をくすぐられた。するとどうしようもなく腰が熱くなってきて、たまらないかんじがして、じっとしていられなくなる。

凌は右手で前の膨らみをこぶしで隠した。

「……だめ……これ」

訴えても、吉嵩はくちづけをやめてくれない。

「いや、じゃないんだ?」

「……けど、でも、変、……こ、いう、の」

「したいのに?」

それは凌なのか、吉嵩のことなのか、どっちの話だろうか。

「恋だって自分で認めてなきゃ、しちゃいけないって……思ってる?」

恋をした相手とするものだと思って生きてきた。

吉嵩に言わせればそういうのが、『頭で考えすぎ』なのだろう。

立て続けの問いに答えられずにいると、吉嵩の舌が、凌の舌下に入り込み、側面からぞろりとこすり上げた。考えようとしていたのに、思考が白く塗りつぶされてしまう。

「……んぅっ、ふ……」

ぞくぞくと背筋が震える。息が上がる。

「……舐めて」

求められたとおりに吉嵩の舌を舐めたら、今度はゆるく吸い上げられた。縋った指が震えるくらいの気持ちよさで、鼻声を漏らしたのが恥ずかしい。それで身体が逃げそうになっても、吉嵩の腕にしっかり抱きとめられる。

吉嵩とした十回分のキスと、ぜんぜん違う。ふれあってくすぐられるキスも気持ちよかったけれど、こんなふうに粘膜がこすれあうキスは、もっといやらしくて、セックスみたいだ。

小さく音を立ててくちびるが離れ、吉嵩の濡れた口元をじっと見てしまう。

「俺が『もう、いっそ経験したほうがよくない？』って言ったのは覚えてる？　こういうのを知らないまま書くのと、知って書くのとは、何か違うかもしれないよ。恋でも、今は恋じゃなくても、凌くんにとってマイナスにはならないと思うなぁ。俺のことをきらいじゃなければ、ね」

きらいなんかじゃない。でも今すぐに会いたいとか、離れたくないとか、この人がどうしようもなく好きだという、強い衝動や恋情を伴うリビドーを感じたことはないのだ。

キスの気持ちよさと、吉嵩の優しさに甘えているだけで、恋ではないかもしれないのに。

眸をうろうろさせていたら、吉嵩に軽くくちづけられた。

にこりとほほえまれ、合わさる角度を変えてまたキスされる。

もう回数なんて数えられない、と思いながら、今度は深くくちびるを塞がれて、嬲（なぶ）られる気持ちよさにうっとりと瞼を閉じたときだった。

とんとん、と外側からふすまを叩く音が響いた。

冷や水を背中に浴びたような心地で、いっきに現実に引き戻される。

吉嵩に抱きとめられたままで、ふすまが開いた。

「あらっ」

料理を運んできたとおぼしき店員に、吉嵩はしれっと「だいぶ酔ったみたいで」なんて話をしている。

「お水、お持ちしましょうか?」

「そうですね、お願いします。あ、あと、すみませんけど、タクシー呼んでもらえますか」

店員とのそんなやり取りを、凌は吉嵩の胸に真っ赤な顔を埋めて聞いていた。

ふすまが閉まり、吉嵩が凌に向かって「あぶなかった」といたずらな顔でほほえむ。

「凌くんは酔い潰れたふりしててね。ふりじゃなくても、けっこう脚にきてるかな」

「……ウニのやつ、食べたかった」

てれくさくてつぶやいたのだけど、凌の食い気が盛んな発言に吉嵩は「あはは」と笑っている。

「また今度、連れてきてあげるから。とりあえず今みたいに、誰にも邪魔されないとこ行こう」

「邪魔されないとこ……?」

吉嵩は目を細めて魅惑的な声で「ラブホ」と答えた。

渋谷区道玄坂のラブホテル『bloomin'』。

つい数時間ほど前までは、自分の仕事場、としか思ってなかったのに。そこまでの道のりも、いつもとは違う景色に見えた。

入り口をくぐる瞬間も胸がずっとざわざわとしていて、凌は吉嵩の背後に隠れた格好で、フロントのタケルにあいさつすらできない。

「飲み行って二時間くらいしか経ってない……早くないすか？」

「凌くん、潰しちゃった」

「まじすか。水とか氷、必要なら」

「買ってきた」

会話もそこそこにフロントを離れ、吉嵩にひきずられるようにしてエレベーターに乗り込む。

「監視カメラ回ってるから、部屋入るまではそのまま酔い潰れたふりね」

エレベーターの扉が閉まるのを待って、吉嵩が凌にそう告げた。

客室がある階の廊下にもカメラはあるので、フロントから見られる可能性がある。

悪いことではないはずなのに、いけないことをしているような、妙な気分だ。

「……何、する……の」

「部屋で？　したいことを、したいところまでしようよ。凌くんがいやならしない」

選択権や拒否権があるのが、いいことなのか分からない。

――でも頭でばっか考えてたら、僕みたいなのはたしかにきっと、一生なんにもできない。

「今さらな確認だけど、吉嵩さん……ほんとに彼女とか、いないの？」

「いないよ。いたらやめる？」

「やめる」

「俺も、いたら、こんなことしない」

浮気や不倫NG、という部分は同意見だが、お互いに引き返せない確認をしてしまった。

エレベーターから出て、吉嵩が管理用のキーで『405』のドアを解錠する。

しかし仕事部屋でもあるそこに帰ってきたら、いっぺんに酔いが醒めた。

「……う、うわ、やっぱ、こわいっていうか、なんか……」

「何が？」

底の見えない暗闇に飛び込めと背中を押されている気分なのだ。

「吉嵩さんは、慣れてるだろうけど、僕は」

ごちゃごちゃ言い始めた凌を、吉嵩がドアの内側に引き入れた。

この玄関ホールの次の、防音扉が閉まったら、その先は密室になる。

「俺がひどいことしそう？」

吉嵩に優しく問われて、凌は考えるまでもなく「ううん」と首を振った。

「凌くんが気持ちいいことしかしない。いやなことはしない。ハグとキスだけがいいなら、そうする」

「……ハグと、キスだけ……」

「凌くん、キス好きだもんね」

かあっと頬が熱くなる。あれだけとろとろになっていたら、言い訳のしようもない。

吉嵩の譲歩で、底が見えない暗闇だと思っていたら、じつはちゃんと階段があったような気持ちになる。

返す言葉をなくしていたら吉嵩に手を摑まれ、ゆらぐ手綱で誘われた。


ベッドに横臥で向き合って、ゆるゆるとくちびるを合わせたり、話をしたりして、どれくらい時間が経っただろうか。

ソファーセットのほうの明かりだけついていて、ベッドの周辺は薄暗い。

キス優先で鼻が潰れて、寄り目の変顔勝負。くちびるをほどいてふたりで笑った。

「キス変顔って新しすぎる」

「凌くん、口くっつけたまま、ぶぶって笑うの反則」

とりとめもなく話しているうちに、またくちびるを合わせたくなる。

——キスって、しあわせな気分になるし、心も身体も気持ちいいんだな……。

我慢する理由はなく、難しい言い訳もいらない。いつもいろいろと頭で考えすぎてしまうので、したいからする、という、このゆるさが心地いい。

目を瞑って、吉嵩の舌の動きを感覚で追う。柔らかに口内を動き回る吉嵩に、凌も舌を絡めたり、真似して吸ったりした。

中学と高校の頃の、あまりおもしろくない恋の話もした。

「高校のとき、一回目のデートがうまくいかなくて、今度こそって二回目のデートに誘ったら『現実の女の子なんかより、ほんとは二次元に萌えるんだもんね。むり。きもっ』って言われたんだ。二次元萌えっていうより、興味と小説のために当時からえっちな漫画も読んでたよ。とはいえ、自分としてはそこらへん、分けてるつもりだったんだけど」

「それはひどいな」

「その後も自分に自信を持てる出来事はなかったかな。作家として十八歳でデビューしたことも、僕にとってそうじゃなかった」

「えっ、そうなの?」

「作家になれたのは、すごくうれしかったよ。でも現実世界と、小説を書くことは別っていうか。おめでとう、って声をかけてくれる同級生もいたけど、『でも二次元で抜いてるオタクだろ』って、裏で嗤われている気がして、人の言葉や気持ちを、あの頃は素直に受けとめきれなかった」

今なら「言いたいやつには言わせておけ」「そんなふうに気にしなくてもいいのに」と思えるけれど、当時は精神が未熟だったのだ。

自分が世界の中心で、その小さな球の中で物事のすべてを完結させていた。頭の中にとめどなく広がる空想を文字に落とし込み、小説にすることだけが凌にとって救いで、現実世界の人の顔や人の目を、ちゃんと見ることができなかった。

「……恋愛小説を書いてる僕自身は、まともに恋もしないで、二十七歳になってしまった」

吉嵩がそっと抱きしめてくれる。凌も吉嵩の背中に手を回して、胸に顔をくっつけた。厚くて、あたたかくて、そこは優しいにおいがする。人工的なものじゃない、本能的に好きな香りだ。

「大人になってからも、恋をしないのはなぜだと思う？」

吉嵩の声は凌の心を鞣す。よしよしとなでられている心地になる。

「愛される自信を、持てないまま……大人になっちゃった、から……かな？　したくないわけじゃない。だけど出会いがない。そもそも出会いがありそうな場所に、積極的に出て行かない。新しい出会いを楽しみに思えないから」

「じゃあ、凌くんがここへ来てくれたのは奇跡だな」

「吉嵩さんは、僕からしたら、ハリケーンみたいな人だ。周りはみんな、人見知りで出無精の僕に気を遣ってくれる人ばっかりで、いつもそっとしておいてくれたのに」

自分の部屋にいれば、何も起こらない代わりに痛い目にも遭わなかった。

吉嵩は「自分からぼっちになりにいくタイプだ」と明るく笑う。凌もちょっと笑って、「うん、そう」と、吉嵩を見上げた。

目が合うと、吉嵩がひたいになぐさめのキスをくれる。

「ほんとは寂しかったくせに」

自分でも向き合ったことのない感情を端的に、明確に、言葉で示されて、凌は眸を揺らした。

「……うん。厄介だよね。寂しいくせに、自発的に動こうとしないんだから。自分の力ではどうにもできないくらいの、何か大きなきっかけが欲しかったたってことかな」

「でも、凌くんは、自分の脚で歩いて、ここへ来た。小説のためだったかもしれないけど、居心地のいい部屋を飛び出すことを決めたのは凌くん自身なんだし、ほんとは行動力あるんだよ。それに、ほんとはキスが好きで、お酒を飲むと普通に箍(たが)が外れる」

お酒を飲んでも、こんなにだらしなくなったことなんてなかったのだが。

「褒められて貶されてるのに、なんでだ、うれしい」

てれくさいのとうれしいのと恥ずかしいのと、いろいろ混ざってふにゃっと笑ってしまう。その顔を楽しそうに吉嵩に覗かれる。

今、してほしいな――と思ったら、ぱくっと食べるようなキスをされた。短くほほえみあい、ぐるぐると吉嵩の腕に巻き込まれる。

優しくぎゅうっと抱きしめられて、凌はうっとりと目を瞑った。

「ほんとの凌くんを、俺だけが知ってる気がしてうれしいよ。今のところ、凌くんにとって俺が最初の男だしね。そういうの、たまりません」

「処女好きなんだ？」

ちらっと見上げると、吉嵩が顔を顰(しか)める。

「いや、そういう話じゃなくて。どうしてすぐ、今ここに関係ない女の話をぶっこんでくる?」

「中国の兵馬俑(へいばよう)みたいに、吉嵩さんの背後に女の人がいっぱいいそう」

「……兵馬俑って、何千体も陶製の兵が並んでるやつだよね」

「二千体。埋葬のときに入れる人形」

「俺の背後になんて陰鬱なイメージを……。いないよ、そんなの。もう~、小峰さんが最初に変な前情報を吹き込んだせいで~……」

抱きしめられたままむぎゅむぎゅとされて、「苦しいー」と悶えたら、こつんとひたいをくっつけられた。その状態で小さく音を立ててキスをされる。吉嵩はなんだかくやしそうな顔で、立て続けに何回もしてくるから、凌はしまいには笑った。

「も~、そのはにかみかわいいなぁ。好き。こんな凌くん、俺以外の誰にも見せたくない。ここに閉じ込めたい。ここから出したら、凌くんこそ酔っ払ったときとか『キスって気持ちいいよね』って、案外誰とでもフリーキスしちゃいそうな気がする!」

「え、しないよ」

疑いの目でじっと見つめられる。吉嵩以外としたことないし、する気もないのに、謂われのない罪で責められている気分だ。

「俺だけにしてね」

凌が「うん」と軽く答えると、吉嵩は「分かってなさそう」と少し顔を顰めて笑う。

しばし沈黙していた吉嵩が、今度は鼻と鼻をするんとこすり合わせた。その動きで、間違いみたいにくちびるの薄い皮膚どうしがふれあう。こんな、くすぐるようなキスも好きだ。目を閉じてしばらくその感触を楽しんでいたら、だんだんふれあう面積が増えて、粘膜を感じるくちづけになっていく。

上唇を捲られ、歯列を割られて、吉嵩の舌が入ってきた。凌も舌をぎこちなく動かしているうちに偶然いいポイントを掠られて、背筋が震え、腹の底がじんとするほど感じることがある。

「……ん……」

腰の辺りを吉嵩に手のひらでゆるゆるとなでられると、その震えが大きくなった。

少し落ち着かない気持ちになるのは、くちづけでいともたやすく性的な興奮を煽られている気がするからだ。

――でも、気持ちいいからやめてほしくない。

気づかれたくなくて腰を引くのに、吉嵩に引き寄せられてしまう。

「よ、し……たか、さん」

「俺も、甘勃ちしてる。凌くん以外の男とキスしたことだってないけど、男相手にこんなふうになったことないよ。そういう意味では、俺もはじめてだ」

吉嵩もはじめてだと知らされて、そこにとてもほっとする。

「凌くんは、やっぱキス以外したくない？」

「キス以外……」

「俺はとりあえず、もっとさわりたい。背中とか、肩とか。あとは、ちょっと見たい」

「み、見たい？」

「おふとんの中に入ろっか」

答えをはぐらかされて、先に吉嵩がベッドに入ってしまった。明るく「おいで」と呼ばれ、凌ものろのろと四つん這いで進む。

吉嵩はひどいこともいやなこともしないと言ってくれた。気持ちいいことしかしないとも。

ふたりでふとんに入り、向き合ったらすぐにくちづけられて、「シャツのボタン外していい？」と問われた。背中や肩をさわりたい、と言っていたから、そうするためだろう。

ふとんの中で、吉嵩の指がシャツのボタンを外していくのをじっと目で追った。

「ぜんぶ？」

「ぜんぶ」

器用にさらさらと外されて、脱がすのに慣れてるんだろうな、と細かい部分が気になっているうちに、吉嵩は自身の上衣を手早く脱いでベッドの外に放り投げた。

凌の目の前で、彼のたくましい胸や腕があらわになっている。

「……わ……なんか、すごい。さわっていい？」

言い終わらないうちに、見目麗しく男らしい身体を、「わぁ……」と感嘆の声を上げながら手のひらでさわった。ラブホのオーナーと聞けば左うちわのイメージだったが、吉嵩は率先して動くタイプなので、日常生活でスポーツジムに通っているような運動量なのだろう。

「こっちがさわりたいって言ったのに、凌くんが先にさわるし。俺も遠慮なくいくからね」

いきなり首筋を大きな手でなでられて、湊は「んっ」と声を呑んだ。さわられて知ったけれど、そこは背中の力が抜けてしまうポイントみたいだ。

「湊くん、ここ好きでしょ。キスのときもここさわると、ふにゃふにゃになる」

「ん……うん」

指先がふれている耳のうしろや、首のつけ根、うなじの窪みも。その辺りを優しく揉まれ、くすぐられながらくちづけられると、とろんとした心地になる。

吉嵩に腰を引き寄せられて、そのまま手のひらで素肌をまさぐられた。そこから背中、肩も。人に身体をさわられるのがこんなに気持ちいいなんて、知らなかった。電車や人混みで知らない人と手がふれるのもいやだなと思うのに、どうして吉嵩だと眠たくなるくらいまろやかな気分になるのだろうか。

「さわるの、気持ちいい」

吉嵩がそう言ったので、湊は「さわるのが？」と問いかけた。

「さわられるのも気持ちいいけどさ。さわるほうも、指が気持ちいい」

湊も吉嵩の真似をしてとりあえず目の前の胸に手を這わせる。小さなボタンを押す気分で、乳首をぽちっと押した。

「いきなりそこ？　しかも押す」

「目の前にあった」

山を登る人みたいな返しに吉嵩がぷぷっと笑い、「やったらやりかえされる、と思ってやらないと」と凌の胸にふれる。

中指で薄い色の乳首をくるくるとなでられ、軽く弾かれて、最後にゆるくつままれた。

「僕はそんなさわり方、してない」

今度は唾液をまとった指で、そこを捏ねられた。

少し、じん、とする。

「あ……ちょっと、それ、あんまり」

「弄ってるうちに気持ちよくなるかも」

「え……やだ」

乳首なんてさわられたこともなければ、こんなふうに自分でさわったこともない。未知の感覚に不安になって、その手を摑んでとめる。吉嵩はすぐにやめてくれた。

「もっと気持ちいいことする？」

屈託なく、楽しい遊びを誘う声だ。眸を覗き込まれ、どきどきと胸が高鳴る。

想像していることは、間違ってないと思う。

予想したとおり、壊れやすい落ち葉を指先で集めるみたいに、衣服の上からペニスの膨らみの部分をかさかさと掻かれた。

「ここ、人にさわられるの、はじめて？」

頭も神経もぜんぶそっちへ行ってしまっている。凌は声にならずにこくんとうなずいた。

爪でひっかかれているだけの刺激で、全身の血がその膨らみに集まっていくようだ。

「……っん……」

「凌くん」

呼ばれて顔を上げたとたんくちづけられて、いきなり舌が入ってきた。今度はそちらに意識を奪われる。歯列の隙間から吉嵩の舌先が潜り込み、粘膜をこすり合わせる行為に、凌は夢中になった。

「……はぁっ……」

舌下をくすぐられると腰がじんとして、滾った血が中心に集まっていく。そのうっすら反応している膨らみを吉嵩が手のひらで揉めば、じわじわと硬くなり、膨張してくる。

意識があちこちに分散してしまいそうな中、凌は自分が唯一能動的になっている口腔に気持ちを傾けた。

くちづけられながら吉嵩にもう片方の腕で肩を抱かれる。同時にウエストゴムの下、さらに下着の中に手が入ってきた。

何をどうされるのか想像できる。ゆるやかな拘束で、退路は断たれていない。

吉嵩の指先がペニスの先端にふれたとき、鈴口でぬるんと滑って、凌は喉を震わせた。

「……凌くん、濡れてる」

そこは、気持ちいいから濡れる。よく滑るようにするための潤滑油みたいなもので、痛みを伴わず狭いところにこすりつけるために濡れる。だから「俺にもっとしてほしいんだって。さわられてうれしいんだって」と告げ口された気分だ。

先端から溢れた蜜を、雁首に塗り広げるだけの動きも刺激になり、凌は奥歯を噛んだ。

指の輪っかで軽く扱かれ、じょじょに陰茎全体を刺激される。

「はっ、あっ……」

くちびるを嬲られて舌を吸われ、キスの気持ちよさと手淫の快感が身体の芯で合わさった。

息遣いが荒くなり、くちづけが苦しくなる。

「凌……」

下からぐちゃぐちゃとはしたない音がして、あまりの恥ずかしさに凌は「ううっ」と呻いた。

ふとんを肩の辺りまでかぶっているせいで、真っ暗だから奥は見えない。でも手筒で絞られ、根元から雁首の括れまで扱かれているのは分かる。きっと鈴口から透明の淫蜜が溢れて、吉嵩の手を濡らしてる——それを想像するとたまらないのに、ますます気持ちよくて、ぐっと下腹部が熱く滾る。

はじめての快感に腰が溶けそうだ。

分厚い吉嵩の胸に抱きとめられて、凌はそこに顔をすり寄せた。

吉嵩のにおいをいっぱいに吸い込む。

「よ、し……っ、吉嵩、さ……」

「……ん？」

優しい強さで抱かれ、髪や蟀谷にあやすようなキスをたくさんされて、凌はひどくしあわせな、満たされた気分になった。

「あ……んぅっ……」

「気持ちいい？　やめてほしい？」

耳朶を食まれながら問われて、凌は訳も分からず必死にうなずいた。

今やめられたら、そっちがたまらない。

「どっち？」

「きもちいっ……あ、はぁ……あっ、あぁっ、だめ、出る……！」

ぎゅっとしがみついたのに引き剝がされて、行為を隠していた上掛けを捲られた。

その瞬間、自分の腹や胸に白濁を飛ばす。

腰を浮かせ、ペニスをびくびくさせて残滓を吐き出すところまで、吉嵩にすべて見られてしまった。

「は……、はぁっ……はぁ……」

ぐったりして、腕を投げ出す。もうどうにでもしてくれ、という気分だ。

一分くらいの出来事だった。これ以上恥ずかしいことなんて、この世にない気がする。

茫然としていたら、吉嵩が寄り添うかたちで横になった。肘をついて頭をのせたポーズで凌の顔を覗き込み、やたらにまにましているのが視界の端で分かる。視線を感じる頰が熱い。

「俺の愛撫で凌くんをイかせたのがうれしくて、たまんない」

ちらっと凌が目をやると、吉嵩はなんだかせつなげな表情に映った。

「うれしすぎて、しまいには苦しいんだよ」

吉嵩はそう言うと、今度はシーツに頬を寄せて、はぁ、と満足げなため息をついている。

射精したのを喜ばれて、なんと返せばいいのか。

「……どうせ、早い、よ」

「イかせたかったんだからいいよ。じょうずだった？　気持ちよかった？」

上機嫌で訊かれても。

凌は天井を向いて控えめにこくんとうなずいた。

「拭いてあげよっか」

「えっ、い、いい」

驚いて起き上がろうとしたら、「こぼれるから」ととめられた。吉嵩の言うとおり、腹の上のひとすじが、今にも脇腹に流れそうだ。

そのときようやくちゃんと目を合わせた。吉嵩の柔らかな表情に、胸がきゅんとしてしまう。

「ふふ。かわいかった。またしようね」

——また？　また、って……いつ？

死ぬほど恥ずかしかったけど、身体が溶けるかと思うくらいの快感を知って、自分がもう次を期待しているのを、自身がいちばん分かっている。

結局、吉嵩に綺麗にしてもらって、その間中いたたまれない気持ちだった。

5.

ノートパソコンの電源を入れ、書きかけの原稿を開く。

凌はいつも頭からざっと読み返すことで、小説の世界に入っていく。いわば日々のウォーミングアップだ。

隣の『406』の防音扉が閉まる音がして、はっとした。

——こんな朝っぱらから？　あ、いや、泊まり客が今出たのかもしれないのか。

そのとき、吉嵩からＬＩＮＥが入った。

『隣の客室、夕方まで入ってる。もしなんか気になることがあったら連絡してね』

立て続けに『お昼にロコモコ丼作ってあげる』『原稿がんばれ』とメッセージが表示される。

それに『了解』と『ありがとう』のスタンプを返して、凌はスマホをデスクに伏せた。

ここに通うようになってひと月半。

とりあえずひと月、という最初の約束を更新して、季節はすっかり冬。来週はもう十二月だ。

吉嵩はあいかわらずまめまめしくお世話をしてくれる。

毎日じゃないけど、吉嵩が「ついでだから」と食事を作ってくれたり、ミニパンケーキやハニートーストなどのおやつ、泊まりの日は深夜に夜食を出してくれることもあった。それをフロントのタケルやバイトの人たちにも食べさせているようだ。凌のために特別と言われると申し訳なくて遠慮したい気持ちになるが、「ついで」なので、彼の厚意に甘えてしまっている。

――きっと、恋愛も博愛主義者なんだろうな。

普段の彼の様子を見ていたら、そんな気がする。

息をついてパソコンに向かっていると、『406』のほうから悲鳴のような声が聞こえた。

ラブホは防音対策がしっかりしているから、はっきりとはしないものの断続的に続いている。

「…………は、激しいな」

悲鳴でも、聞こえるのは稀だ。ホテル側が防音していても、法律上致し方なくついている窓を開けて、外に嬌声を響かせるという悪趣味なカップルもいるらしいが。

「BGM、つけよう」

いつも静かだから忘れていた。有線放送のチャンネルを適当に選んで息をつく。

隣のカップルは悲鳴をあげるほどの、どんなセックスをしているのだろうか。

痛みを快感だと思っている人もいる。痛めつけることに快感を覚える人もいる。でも本来、痛みは痛みであるはずだ。その事実を脳がねじ曲げる。なぜ、何が原因でそうなるのだろう。

凌自身が小説でそんなキャラクターに寄り添い、突き詰めて書いたとしても、現実としては理解も共感もできない。

同様に、ときどき凌が吉嵩としている行為も、他人からは「何それ、ヤリ友みたいなもんじゃん」と顔を顰めて言われてしまうのだろう。

――僕もまさか自分に、そんな相手ができるとは思いもしなかった……。

世の中にはキスだけしている『キスフレ』なる関係の人たちがいるらしく、凌はやはりそれも理解不能だったけれど、その関係性に近いものがあるのかもしれない。

「……いや、キス以上をしちゃってるから、厳密にはキスフレに近いとも言えない、かな」

セックスはしてません、という弁解ができる程度の、すでにあやういラインではないだろうか。

凌は、背後のベッドをちらりと見遣った。

はじめて吉嵩の手でイかされてから、数回とはいえ、そういうことがあった。

でも吉嵩は、凌の原稿の邪魔はいっさいしない。例えば一緒に昼食を取ったら、彼はさっさと自分の仕事に戻る。

――そこらへんはきっちり線引きしてて、意外とちゃんとした大人なんだよな……。

凌の仕事は時間に決まりがない。いちおう毎日二十二時くらいを目安にしていて、ノっているときは深夜まで書き、零時過ぎの終電を逃したら泊まるし、間に合えば帰宅する。あるいは、集中力が切れて、十九時くらいにパソコンの電源を落とす日もある。

凌が『そろそろ帰ります』と吉嵩にＬＩＮＥでメッセージを送ったタイミングで、彼が「三時間休憩～」とか「今日は終わり～」と現れるときは、ふたりとも完全にオフモードだ。

仕事から解放された状態で、軽いハグやキスをされているうちに、甘い雰囲気になってしまう。

――えっちなキスするともう、それで終わりなんてあり得ないかんじなんだよな……。

一度はそのせいで終電を逃してしまった。

吉嵩はいつも凌を気持ちよくすることに懸命で、しかしその対価となるような同等の行為を凌に強いたり、断りにくいような求め方もしてこない。それどころか、はっきり「凌くんはしなくていいよ」と言われてしまう。

それに凌自身、されるばっかりでいいのかなと思いはするものの、愛撫されるとうやむやになり、イかされた直後はそんな気遣いなんてどこかへ吹っ飛んでしまうのだ。

――だって、気持ちよすぎて、すぐ訳分かんなくなる。

凌にとってああいうことは恋人とするもの、と思っていたから、『キスフレ』だって理解できないものだったのに。

今は持っていた価値観をひっくり返され、恋人ではない男と、キス以上の行為をしている。

――恋人、じゃない。

もやっとする。誰かを裏切ったりしていなくても、不誠実なことといえるのかもしれない。

心の底から納得していないせいで、がさがさとひっかかる。

――うう一ん。でも、納得してないからって吉嵩さんと会えなくなったりするのは……いやだ。

凌が拒否すれば、彼は無理強いしない。それどころか、軽いキスすらしてくれなくなりそうだ。

――仕事中は線引きしてるから平気だけど、オフタイムに顔見たら、僕のほうもキスしてくれるの待っちゃってんだよなぁ……。

仕事が終わって部屋のチャイムが鳴ると、会いに来てくれたと、浮き立つ自分がいる。

――……も、もしかして、ちょっと……す、好きになって……る……？

しかし、これははたして恋愛感情なのか。

気持ちよくしてくれることが、好きなだけなのではないだろうか。

吉嵩は超がつくほど優しい。えっちなことをしているときの吉嵩の甘やかしっぷりといったら相当で、凌は彼にされたことをひとりで思い出すだけでも脳内麻薬が溢れだし、ぼぅっとなってしまう。これでは、しあわせ成分に脳が痺れて、「好きかもしれない」と勘違いしてもおかしくない状況だ。

「うおお……こういうので主人公がもだもだする小説ならいっぱい読んだ気がする……」

だが、小説みたいにうまくいかない。

凌は顔を覆ってうなだれた。

例えば、吉嵩が恋人だったら。

すごく、ものすごく、不安になりそうだ。

——本気の恋愛をずっと諦めてた人。でも、マメで、面倒見がいい。引く手数多で遊び相手に困らない。あっちも男としたことないって言ってたし、今はそういう物珍しさに浮かれて楽しんでるだけで、ある日突然、我に返るか、飽きそう……。

吉嵩から直接聞いたこと以外は、ただの妄想だ。作家全員が妄想癖ぎみではないだろうけど、凌の職業病ともいえるいつもの癖で、あれこれ先読みしたり、仮定で憶測したりしてしまう。

それにゲイだというはっきりした自覚はないのだから、突然我に返りそうな点では凌も人のことは言えないのだ。

凌の頭の中で、吉嵩は悪気なく「あれは大人の遊びでしょ」と笑顔で言う。

——僕が今書いてる小説の執筆が終わって、ここを仕事場として使わなくなれば終わっちゃうような刹那的な関係。それと、吉嵩さんが飽きるのと、どっちが早いかって差なだけで……。

ずいぶん失礼な想像かもしれないが。小峰が言っていた『人たらし』『色悪』を「じつはそんな人じゃない」とフォローできそうな出来事は今のところないのだ。

しかしおかげ様というか、小説にさっそく最近の経験が活かされたのか、改稿が途中だった短編に少し手を加えて提出したところ、小峰にキスシーンをやたら褒められた。

いつもならうれしいはずなのに、凌は尻の据わりが悪くなるほど恥ずかしい気持ちになり、複雑な思いで受けとめたのだ。

凌は自分の個人的な経験や思想を、小説の登場人物にのせないことにしている。小説の中のキャラクターの人生はそのキャラのものであって、自分じゃないと思うからだ。

でも何かに強く心を揺さぶられたときなど、うっかり文章にそれが出てしまうことがある。定稿するまでにそういう部分は削除するか書き直すのだが、五官で知る感覚的なことや、ふとした衝動は、自分の経験とそれまでに見聞きした情報がもとになっている。しかも厄介なことに、その境目はとても曖昧だ。

今まで性描写のあれこれは、見聞きした情報だけが凌にとっての執筆の糧（かて）だった。

——性描写以外の部分でも自分の実体験を書きはしないけど、なんとなく疚（やま）しい気持ちがあるから、間接的に責められたり冷やかされてる気分になるんだろうな。……とはいえ褒められたんだし、作品が良くなったのは悪いことじゃないいんだから。

恋愛か否かの結論は出せないままで何も解決していないが、凌はなんとか「おかげで仕事はうまくいってる」と自分を納得させ、奮い立たせ、目の前の原稿に心を向けた。

その日は満足いくところまで原稿を書き進め、二十三時頃にノートパソコンの電源を落とした。吉嵩に『帰ります』のＬＩＮＥを送ったけれど、とくに返信はない。仕事が忙しいときは、いつもそうだ。

終電まではまだ余裕がある。のろのろと帰り支度をして、コートを手に取り『４０５』を出た。スマホをもう一度見る。吉嵩へのメッセージは既読にならない。

お昼に吉嵩が作ってくれたロコモコ丼を一緒に食べたあとは、まったく顔を合わせなかった。今日はたくさん吉嵩のことを考えてしまったせいで、なんだか物足りないような気分になり、帰り際に少しでいいから会いたいなと、思ったのだ。

——会いたいっていうか……僕は……。

ふれられたいくちびるを無意識に指で弄って、ため息をついた。

胸がじいんとする。その胸の軋みの意味をあんまり深く考えたくないから、そこで思考を断つ。

ちぇっ、と口を尖らせたくなるような寂しい気分で、凌はエレベーターに乗った。

——もしかして好きになってるかも、なんて考えたせいだ。

確かめたいような、確かめるのはこわいような。だけどその手段だって分からない。

一階のフロントを覗いて、「お疲れさま」と声をかける。スマホから目を上げたタケルに、「帰りますか?」と訊かれた。

「うん。あ……吉嵩さんは?」

「今日は業者さんと飲んでます。そんな遅くならないと思うんですけど。なんか伝言あれば」

「……いや、……ううん」

凌のどこか歯切れの悪い返しに、タケルが目を瞬かせる。

「なんかあったんですか?」

「いやっ……何もないよ」

本当に何もない。いつもどおり朝から晩までひたすら原稿に向かい、あとは帰るだけ。

——吉嵩さん、ホテル内にいなかったのか……。

そして自分で思っていた以上に吉嵩に会いたかったのだと、帰る間際に気づいただけだ。

「凌さん、終電までもうちょっと時間ありますよね。コーヒー飲みません? 俺今ちょっと眠くて、十分、十五分くらいでいいんで、つきあってくださいよ」

そんなふうに誘われて、凌は「じゃあ一杯だけ」とうなずいた。

この時間になるとチェックインの客がぐっと減る。終電が近付くとチェックアウトが増えるけれど、宿泊客が比較的多い日はそこまでバタつかないらしい。

コーヒーが入った紙コップを渡されて、凌は「ありがとう」と受け取った。

フロントにタケルひとりだと基本そこから動けないので、凌はボトルコンテナを椅子代わりにして傍に座る。

「あのー、前から訊きたかったんですけど」

コーヒーをひとくち啜ってすぐタケルにそう切り出されて、凌は少々いやな予感で身構えた。

「凌さんと吉嵩さんって、えーっと……。恋人関係っていうか、つきあってます？」

最後はたたみかけるような早口で。タケルの目線はまっすぐ、凌に刺さっている。

予想できた問いとはいえ、凌はすぐに否定できず、一瞬怯んだ。

そのほんのわずかな間を敏感に察知したタケルは、「ゲイでもなんでも、俺はぜんぜん気にしないんで」と慌てている。

「だって俺がそうだし」

「ん？」

「俺、ゲイなんで」

「あっ、そうなのっ？」

明るくうなずくタケルを前に凌は目を瞬かせ、はっと緊張を張らせた。

ずっと自分の中にくすぶっていた疑問を、ゲイだというタケルになら訊けそうだ。

「あの、ちょっと訊いていい？　ゲイってさ、ひとりだけ限定とかありえる？　他の男の人だと、いろいろ想像するだけで『ナシだ！』ってなるんだけど、その人だけは、なんでかＯＫっていうか……あ、……わぁっ、ちょっと、待って」

このタイミングでは、吉嵩さんならＯＫなんだけど、と相談してるも同然じゃないだろうか。

「……それって、吉嵩さんのことですか」

――ほらもう、やっぱそうなる！

「いや、違うけどっ！　吉嵩さんは関係なくて、例えば、そういうことってあるのかな～って、疑問なだけで……。小説で、書くかもしれないし！」

タケルの顔を見れないまま、しどろもどろになりながら懸命に否定する。

「それ……そのふたりは、もう、えっちとかしてるんですか」

「えっ！　し、して……るような、いないような。いや、し、してないっ、してない」

「してない、設定……ってことでいいですか？」

――気づいてるかもしれないのに、タケルくん優しいっ……！

凌は「そう、そう」と深くうなずいた。

「単純に好みの問題って場合もありますよね。それか、バイ。あとはまぁ、稀にノンケでも男と恋愛しちゃうこともあるし。それだと、ひとりだけってことになるかも。……でも、そんなカテゴリー分け、きっちりしなくてもいいんじゃないかな」

「……というと？」

「ゲイもバイもノンケも、ただそれを語るためにある記号みたいなもんでしょ。それこそ他人の経験なんて、個人の恋愛になんの関係もないですよ。自分の気持ちに素直になればいいだけの話だと思いますけど。好きなら好きでいいし、その人にふれたいとか、えっちしたけりゃ、そうすればいい。男が男としたからって、死ぬわけじゃないんだし」

凌が日々つらつらと考えていたことを、タケルはあっけらかんと言いきった。

「死ぬわけじゃない……って……そ、そりゃ、まぁ、そうだけど……」

タケルの考えを理解できても、実際そんなふうにアグレッシブにふるまえない。それってきみがゲイだから言えることじゃないかな、と思ってしまう。

「遊びじゃないなら、『ヤってみたら違った』ってなっても、それは凌さんのせいでも相手のせいでもない。どんな恋愛だって、ふたりがとめられなければ始まるし、いつ何が原因で終わるか、誰にも分かんないんですよ。で、そこに性的指向は関係ないと思います」

それについては、タケルの言うとおりだと思った。

——たしかに、僕は男であっちも男なのにとか、ゲイかどうかとか、関係ないよな。

「……途中から凌さんの話みたいに語っちゃいましたけど」

「ええっ、……あ、うん……」

もう今さら、むきになる意味がない気がした。

「……で、俺の質問に戻りますけど。吉嵩さんと、つきあってるんですか?」

「いや、つきあってないよ」

事実なので即答した。万が一「どういう関係ですか」と訊かれたら、ここで答えに詰まり、窒息で死んでいただろう。

「……なんだ、違うんだ。吉嵩さんがあまりにもまめまめしくお世話してるから、もしかして、そうなのかな～って……」

「もともとそういう人なんじゃないの？」

凌がそう返すと、タケルは「いやいや」と苦笑いしている。

「吉嵩さんは面倒見がいい人で、人見て態度変えたりしないし、俺らにも高圧的な言動とかいっさいなくて、たまにごはん食べに連れて行ってくれたりもしますけど……あんなまかないみたいなことは、しないっすよ。吉嵩さんは普段、食事は出前か、ひとりで適当に外に食べに行くかで」

いっきに情報を下ろされて、凌は「ん？」と眉を寄せた。

「ごはんもおやつも夜食も、前からみんなにやってたんじゃないの？」

凌の確認に、タケルは「まさか」と笑っている。

「ああいうコンビニ食材のアレンジ料理、自宅でときどき作るって話は吉嵩さんから聞いたことあるけど、俺らにわざわざ作って食べさせるとか……ナイナイ」

吉嵩の食事のついでであり、みんなにも作ってあげるから、自分もごちそうになっている、くらいに思っていた。

「こんな、まともなキッチンの設備がない狭いパントリーで、せっせと、なんやかんや作ってるんだから、こっちはびっくりしますよ」

タケルが指す先に、パントリーが見える。火が扱えないから電子レンジと電磁調理器がある程度の小さな炊事場で、通路みたいな狭さだった。凌もそこを見学させてもらったことがあるので、どういうところなのかは知っている。

あれがすべて本当は、凌のためだったなら。

作家の凌以上に吉嵩こそ毎日不規則で、暇を持て余している人じゃないし、ほんの少しの空き時間を充ててくれているのだろうというのは察していたが。

「まぁ、お世話したがるからって、恋愛に直結する話ではないでしょうけど……そこに相当の好意がなきゃ、ああいうのはやんないですよね」

相当の好意があるに違いない、とタケルに言われて、凌は思わず頬がゆるむのを感じた。


ラブホテル『bloomin'』を出て、最寄り駅へ向かって歩く。

クリスマスカラーのイルミネーションで、どのラブホテルも煌びやかだ。

――吉嵩さんに訊いてみる……？　「僕のことどういうふうに思ってて、ごはん作ってくれたり、ああいうえっちなことしてるの？」って？

シチュエーションを想像して、目の前が真っ暗になった。

「いやいやいや……む、む、むり、むり。身の程知らずめ」

弱気の虫が凌の足もとでひょこっと顔を出して「モテないやつはちょっと優しくされると、すぐ勘違いするよな」と声が聞こえてくる。それは、高校生のとき作家デビューして、ほんの少し同級生の女子にもてはやされたときの、誰かの陰口だ。

――勘違いなんてしてない。うれしかっただけで。

凌は足をとめ、目を瞑り、吉嵩の笑顔と、優しい手と、甘い声と、心を蕩すような肌のにおいを思い出して、弱気の虫を追っ払った。

「僕とキスしたいの？」と凌が訊いたとき、吉嵩は「したい」と答えた。

――したいから、する。それでいい。しちゃいけない理由はないんだから。

でもそういう行為をしても、つきあうのはいやだと言う人もいる。相手が男ならなおさらだ。

決定的な結論を導き出すような問いで、追い詰めたいわけじゃない。自ら傷つきに行くより、今のままおだやかにすごしたい。

凌は数歩進んだところで再び足をとめ、鞄のショルダーベルトをぎゅっと摑んだ。

スマホを取り出して確認するが、二十分ほど前に送ったＬＩＮＥはまだ既読になっていない。

吉嵩は業者の人と飲み会だと、タケルが話していた。

――その席には、女の人もいるのかな。

二次会にキャバクラ、行きそうだ。ものすごく行きそうだ。業者のおじさんなんかに誘われて。

ちょっとえっちなサービスをするような夜のお店が世の中にはいろいろあることくらい、実際に行った経験はないけれど、凌だって知っている。

「うわー……いやだ」

おっぱいに埋もれている吉嵩さん、なんて勝手な想像をすると不快感でいっぱいだ。小説では性描写を書くのに、凌は昔からそういう猥雑なものを楽しめないし、うらやましいとも思えない。

そのとき、ＬＩＮＥのメッセージが既読になった。

「！」

返信が来るか、トーク画面をじっと睨み付ける。

しばらく待つと、吉嵩から『もう帰った？』とメッセージが飛んできた。

『今ホテルを出たから、まだ近くにいる』

そう慌てて打ち込み、光の速さで返信する。もしかして会えるかも、と思ったからだ。

そのとき、キンコン、と歩道の先からＬＩＮＥのメッセージ受信音が聞こえた。ちょうど凌が送信したタイミングとぴったりだ。

「………………」

ここは道玄坂二丁目のホテル街。吉嵩はこの街の人間だけど、そんな偶然があるだろうか。

凌が通りの先のほうをおそるおそる窺うと、向こうから誰か歩いてくるのが分かった。シルエットからして、男と、女だ。目を凝らすと、腕を組んでいるのか、女性が男の腕にしがみついているように見える。

「吉嵩さーん、もう～何ぃ？　ＬＩＮＥ？」

女性の声がこちらまで響いて、凌は咄嗟に、すぐ傍のラブホテルの敷地に身を隠した。

出入り口に設けられた目隠しの壁は高く、まったくもって隠れるのに適している。

「んー。俺そろそろ戻らなきゃ。そっちの事務所まで送るよ」

「え～……もうちょっと飲みたい」

女の人は不服そうだ。

「タケルがいるから、うちのフロント裏で飲んでもいいよ」

「あっ、何それ。わたしをタケルくんに預ける気～？」

「いやいや、そういうことじゃなくて」

会話から察するに、同じ飲み会に参加していた業者の人だろうか。

目隠しの壁に空いた風穴から、凌は歩道のほうを覗いてみた。足音が近付いてくる。

凌は息を殺し、異様なほどどきどきしながら、彼らが通り過ぎるのを待った。

ふたりがついに凌の目の前に。吉嵩は凌が隠れた側を歩いているので、奥の女性の表情しか確認できなかったが、その人を『bloomin'』で見たことがある。たしかリネン業者の営業の人だ。

そういえばタケルが「リネン業者さんはラブホにとって仕事の相棒で、あの人は女性目線の意見とかくれるから、吉嵩さんも頼りにしてるんですよね」と話していた気がする。

「菜桜（なお）さん、酔ってるでしょ？」

吉嵩の声。凌に問いかけるときと同じに、柔らかで、優しい。

「酔ってまーす」

「わっ」

ちょうど凌の目の前で、その女性『菜桜さん』がよろけたそぶりで吉嵩の首筋に抱きついた。

こんなドラマみたいなタイミングが、現実にあるだろうか。

覗き穴状態になっているせいで、凌の視線はそこに釘付けだ。

――キ……キスしそう……！

凌は音を立てないようにそっと目隠しの壁を離れ、ゆっくりとその場に屈んだ。見ていたくなかったからだ。

壁の向こうから聞こえた軽い口調が、あまりにも吉嵩らしい。

「もう、びっくりした……」

凌は膝を抱えてしゃがんだところで、ぎゅっと目を瞑った。吐き気がしたのだ。

――ただのラブホオーナーと、業者の営業って関係？

中国の兵馬俑だ。彼女だけじゃなく、そのうしろに二千人くらい控えていても驚かない。

凌がぐったりとうなだれているうちに、やっとふたりの足音が動き出した……と思ったとき。

ピロリロン、とやたらのんきなＬＩＮＥ受信音が、凌の手の中で響いた。

――うわぁっ……！

ぎゅっとスマホを握りしめるが、ときすでに遅し。たった今凌の目の前を過ぎたばかりのふたりの足音がぴたりととまる。

凌はそーっと、自分のスマホの画面を確認した。

吉嵩からＬＩＮＥがきている。

『部屋に戻る？』

――女といちゃいちゃしながら、このタイミングでこんなの送るっ？

「……凌くん？」

声がしたほうに凌が顔を上げると、目隠しの壁の端から、吉嵩と彼女がこちらを覗き込んでいた。

さっさと帰っていたら、ラブホテル街でばったり会わなかったかもしれない——そんなことを考えたところであとの祭り。

吉嵩に引き摺られるようにして『bloomin'』に戻ってきた凌の顔を見て、タケルが瞠目した。

凌は口元をゆがめて俯きかげんで、捕獲された宇宙人みたいになっている。

鉢合わせたあの場所で、凌は何度も帰ると言ったのに、吉嵩が放してくれなかったのだ。よそのラブホ前で揉め続けるわけにもいかず、ほどほどのところで動くしかなかった。

「吉嵩さん、凌さんと外で会ったんスか」

「……うん、まぁ」

吉嵩が答えにくそうにうなずくと、タケルは怪訝な表情になる。

「タケル、凌くんを逃がさないように、ちょっとお願い。俺、菜桜さんを事務所まで送って、すぐ戻る」

背後から「えー、わたしひとりでも帰れるよ」と菜桜の声が届くが、「女性のひとり歩きはだめだって！」と吉嵩がうしろに向かって叫んだ。

「とにかく、すぐ戻るから！　よろしく！」

タケルに荷物みたいに託されて、凌は吉嵩と目も合わせない。

「逃がさないようにって……」

困惑しているタケルに「とりあえず、ここはお客さん来るかもだからフロント裏に」と案内される。

つい十分ほど前にも座っていたボトルコンテナに、凌は再び腰を下ろした。

「なんか飲みますか？　えーっと、コーヒーはさっき飲んだばっかかで……フリーズドライのスープとかもありますしー」

「……日本酒か焼酎かワイン、……あれば」

「えっ？」

凌はもう一度「日本酒か焼酎かワインで」と繰り返した。

タケルが「ここにはやっすいのしかないから、悪酔いするかもですよ」とテーブルワインを開け、いつもの紙コップに注いでくれる。

「この短時間に、何があったんですか」

ホテルを出てから吉嵩に連れ戻されるまでの一部始終を、凌はタケルにかいつまんで話した。

目隠しの壁に隠れていたところを見つかって、「どうして隠れてんの？」と吉嵩に訊かれ、そのときは自分でも『どうして』なのかよく分からなくて黙ってしまったけど、「……さっきの、見てた？」との問いには「見てた」と答えた。そうしたら吉嵩が顔色を変えて凌の手を引き、ふたりは「帰る」「帰さない」の押し問答になったのだった。

状況的に、吉嵩と菜桜は歩いていただけだ。隠れる必要はなかったかもしれない。

——自分の行動の意味が、自分でもよく分からない。

吉嵩が女性と歩いていると気づいたから、反射的に取った行動だった。

でも、あれがもし友だちや担当編集の小峰だったら？

あいさつくらいするし、場所がラブホテル街なので、目配せですれ違うという配慮ならできたはずだ。

あの瞬間に戻って、自分の気持ちとまっすぐに向き合う。

本当は、自分のいやな部分から目を逸らしたい。醜い感情や、いじわるな気持ちがあることを認めたくない。

——僕は……女性と腕を組んで歩く吉嵩さんとすれ違いたくなかった。どんな顔をしてふたりの前を通り過ぎたらいいか、分からなかったんだ……。

それだけじゃない。

凌がいないところで、吉嵩は女性とふたりきりのときにどんなかんじなのかを、こっそり見たかったのかもしれない。自分といるときの吉嵩と、同じなのか、違うのか、知りたかったのかもしれない。

——実際見たら、まんまと予想どおりで……。

吉嵩は、凌といるときと同じだった。人によって態度を変えないところは、彼らしいと思う。

彼女はお酒に酔っていたせいか、ずいぶん積極的な様子だった。

――吉嵩さん……あのままあの彼女と……っていう可能性もあったのかな。

凌は『帰ります』とＬＩＮＥを入れている。『４０５』は空いていた。

――『部屋に戻る？』っていう吉嵩さんからのＬＩＮＥ。あれは僕を誘ってるわけじゃなくて。

メッセージを見た瞬間は、『一緒に戻ろうよ』と誘われているのだと思ったのだ。

今になって冷静に考えてみると、彼女と『４０５』を使いたいから、凌に対して『戻る意思がないかを確認するため』の問いに読める。

「あ、わ、凌さん、そんなジュースみたいにいっきに飲むと」

ワインで喉がひりひりと焼ける。

凌は「ふうううう」とアルコールを含んだ呼気を吐き出した。

「……吉嵩さんと菜桜さんて、つきあってる？　つきあってた？　現在進行形でいいかんじ？」

「いや……そんな話は聞いたことないですよ」

タケルは自分の言葉に間違いはないと言うように、うなずいて見せた。

「吉嵩さんはずいぶん彼女を頼りにしてるとかなんとか、前に聞いた気がするんだけど」

「あぁ、まぁ、菜桜さんは営業っつーか、うちがお世話になってる『宮里(みやざと)リネン』をいずれ継いで社長になる方ですし。この業界の情報通で、そういう意味では……」

つまり、結婚すればいろいろと都合がいい相手、とも言えるのではないだろうか。

「でも吉嵩さんは、そういうんじゃないと思うなぁ……」

「なんで分かるの？」

「あの人に限らず、ひとりに固執するようなタイプじゃないです」

それはそれで、どうなんだろうか。

凌の足もとで、『ほら見ろ、ほら見ろ。いくらでもおまえの替えがいるってことだ』と弱気の虫が騒いでいる。

するとタケルは「不特定多数と遊んでるって意味じゃないですよ？」と急にフォローしてきた。

「この界隈は同業とかキャバ嬢とか、水商売の人間が多くて、そういう人たちはラブホテル経営者ってだけで敬遠しないし、吉嵩さんさえその気になれば入れ食い状態ではありますけど……」

「敬遠って、職業賤蔑的なこと？」

出会った頃、そのせいで「本気の恋愛をしてない」と吉嵩が話していた。

「はい。吉嵩さんがオーナーになる前はご両親が経営されてたんで、とくに若くて多感な頃は、親の仕事が周りにバレないようにしていたらしいです。セックス産業は職業賤蔑されるから」

セックス産業にかかわらず、若いとか年代に関係なく、そういう差別意識を持つ人は少なからずいる。そしてそれをわざわざ口や態度に出す人もいる。

「若いとき、つきあってる彼女に『彼氏の親がラブホ経営してるって、うちの親に言えない』って言われたことあるらしくて。キツイですよね。経営を引き継いで、自分がオーナーになったら、今度は『彼を親に紹介できない』『親が会ってくれない』って。そういうのがあって、今まで本気の恋愛はしてないはずです」

それは本人も話していたが、そこをクリアできる相手なら問題ないということになる。

「菜桜さんなら、同じ業界の商売人同士で仕事事情も分かり合えるし、気兼ねない、ってことにならない？」

「……そうですね」

「美人だし、頼りになるし、お似合いで」

「まぁ……そうですけど。利害の一致だけで、人はしあわせにはなれないですよ」

タケルの言うことがもっともすぎて、凌はついに黙ってしまった。

「凌くん！」

凌が振り向くと、急いで戻ってきた吉嵩が、はぁ、と大きなため息をついている。

「凌くん」

「……」

気まずさで目も合わせずにいると、吉嵩に腕を摑まれた。

逃がさないという意思を伝える力で、ぐいっと引かれる。

「僕は……か、帰りたい」

「意外と強情」

「……そっちだって」

行方を見守っているタケルの視線が頬に当たって痛い。

「さっきは本人前にしてたから言えなかったけど、彼女はよろけただけで、俺、菜桜さんとは、キスだってしてしてないからね！」

いきなり何を言うんだ、と驚いて顔を上げた。

わざわざそれを伝えるために、強引にここへ連れ帰り、ちゃんと彼女を安全なところまで送り届け、今こうして凌と向き合っているのだろうか。

傍でタケルがじょじょに頬をゆるめ、しまいにはにやにやしている。

「ほら、ここから動こう」

凌の耳元で吉嵩が「こんな話聞かれるの、恥ずかしいでしょ」と囁いた。


ラブホの他の客室と同じ仕様の部屋で、ふたりで座ることができる場所といったら、ベッドかソファーしかない。

凌はソファーの端のほうに、きちんとまっすぐに座った。吉嵩は座面で片脚を折り曲げ、凌のほうを向いて座る。さらにぐっと距離を詰められ、凌は逃げ場がなくて身を縮めた。

「さっきも下で言ったけど、菜桜さんとは何もないから」

「そ、それを、僕に言い訳する必要は」

「じゃあ、なんでそんないらいらして泣きそうな顔してんの」

「泣きそうっ？」

そんなつもりはない。ただもやもや～っとして、胸がじくじくして、気分が昂(たかぶ)っているだけだ。

「べつに、泣く理由、ないし」

するると、吉嵩がすうっと息を吸い、ゆっくり吐き出すのが、横を見なくても分かった。

「俺は、言い訳したい。誤解されたくないもん。凌くんを好きだから」

簡潔に説明され、最後の言葉を呑み込んで、ようやく凌は「えっ？」と顔を上げた。

――誰が、誰を？　吉嵩さんが、僕を？

とんでもない解釈違いをしている気がして、もう一度「……え？」と問いかける。

「凌くんとキスしたり、さわったり、何回もしてるけど……伝わりませんか」

吉嵩の眸は揺らがない。

どこか摑みどころがなさそうな、いつもの吉嵩じゃない気がする。

「……気づかなかった、です……」

言われてる今も、どういうつもりでそんなことを、と戸惑いを隠せない。

凌が答えると、吉嵩は「うん」と少し寂しそうにうなずく。

「なんか嘘っぽいとか、軽いとか、騙されそうとか、弄ばれそうとか……将来の展望がなさそうなイメージを持たれがちなのはいつものことで、俺だって自分でそんなの分かってるし、慣れてるけどね。以前は、開き直ってるところもあった。でも凌くんには『べつにそれでいいけど』とは思えないから、今必死になってる」

ふいに腕を摑まれて、凌はびくっと肩を跳ねさせた。

「せめて今の作品の執筆が終わるまでは、凌くんがここに来にくくなるようなこと、あんまり追い詰めそうなことを言うのはやめておこうって我慢して、黙ってた」

吉嵩は小峰から『凌先生、すごくノってる。先日受け取った別の原稿もいいものだった。そこで仕事するの、楽しいみたい』と言われたらしい。

「俺としても、うれしかったから」

小峰は吉嵩の先輩だから、凌が知らないところでそういう話をしていたのだろう。

「それが……なんか、はじめて、俺と凌くんの間によけいなもんが入ってきて、このままだと凌くん、ひとりで勝手に自滅して終わらせそうだし、黙ってられない。せっかく俺がだいじに、だいじにしてたのに」

よけいなもん、とはつまり、さっきの菜桜とのことだろう。

この部屋の中にいるかぎり、登場人物は吉嵩と凌のふたりだけ。波風など立つことなく、ただ心地よくすごす部屋で、たっぷり甘やかされるばかりの日々だった。

「なんで……いつから……?」

「最初に会ったときからだよ。恋愛することを諦めてた俺に、『本当に愛してくれる人はちゃんといる。どうせ遊びなんだろって、相手の気持ちを値踏みしちゃだめだ』って凌くんが叱ってくれたんだ。凌くんに『本気の想いならちゃんと通じる。相手も好きになると思う』って言われて、俺は……こういう人に愛されたいなと思った」

凌は身動きできず、じっと吉嵩の次の言葉を待った。

「言いくるめたい。巻き込みたい。凌くん、俺が放っておくとぜったい逃げるよね」

逃げたいか逃げたくないかと訊かれたら、猛烈に逃げたい。

今までどおりで何がいけないんだ、と思う。居心地のいい場所を見つけて、優しくしてくれる人が傍にいて、どうしてこれじゃだめなんだろうと思う。

――放っておいてくれたらよかったのに。

「今日、ばったり会ったあそこで別れたとして、凌くんはあした、ちゃんとここに来た？」

厳しく吉嵩に訊かれて、凌は心の中で「うっ」と呻いた。

吉嵩と菜桜のあの場面を見たあとで。

吉嵩の懸念のとおり、きっとあしたの自分は、適当な理由をつけて、自宅で原稿に向かうという選択をしただろうと思う。

――もうすでに、『今までどおり』じゃいられなくなってる……。

見たくないものからは逃げる。聞きたくない声には耳を塞ぐ。だって今すぐに結論を出さなければならない問題ではないのだから、なおさらだ。

傷つく痛さと怖さを知っているので、ずっとそうやって生きてきた。それは凌の癖のようなものだ。

「だ、って……僕は、この、自分の中の想いが恋なのかどうか、よく分からない……。僕のほうこそ、軽い気持ちなんじゃないかと自分を疑ってる。この歳になっても童貞で、妄想過多で、恋愛経験だってあまりにもないから、自分のことなのに自分の気持ちに自信がなくて、知ったばかりの快楽に頭を持っていかれてるだけで、吉嵩さんがしてくれる気持ちいいことが好きなだけなんだろうか……とか」

「頭で考えて分からないなら、身体から分かればいいよ」

「で、でででででもそれってやっぱだめじゃないっ？　不誠実だよ！」

「誰に」

「好きって言ってくれた人に対しても、自分にも！」

吉嵩はぐっと眉間を狭めて言葉に詰まっている。見守っていると、吉嵩はふうっと脱力した。

「自分の想いだってよく分かんないのに、自分に操を立てるつもり？　俺はそんなの、臆病なだけだと思うけどな」

「臆病……にもなるよ。吉嵩さんみたいに百戦錬磨で生きてきた人には、なんてことないかもしれないけどっ」

言いきったあと、言いすぎだと思った。

吉嵩も若い頃からつらい経験をしている。それから適当な距離を取りながら恋愛をしてきたなら、恋の数だけ虚しい気持ちにだってなったかもしれない。

「……今のは、ごめん。無神経だった」

決めつけた発言を反省していると、吉嵩は「そんなことより」と喉の奥で笑ったので凌は顔を上げた。

「そういうのこっちが待ってやって、もたもたしてたら、凌くんぜったい逃げるからやだ。好きって言っちゃったから、もうこっちも引き下がれない」

いきなり襟ぐりを摑まれてぎょっとする。こんなの殴られるシーンでしか見たことない、と思ったら違った。ボタンに指を引っかけられているのだ。

「してみて『違った』なら、それでもいいよ。しかたない」

「す、する？　するって何を」

「いつもしてるような中途半端なのじゃなくて、ちゃんとセックスしてみようよ」

驚きの提案に、頭をガツンと撲たれたような衝撃だった。

「なっ……なんだよそのやっつけ！」

言葉の通じない宇宙人と喋ってるみたいで、凌はずっと目を大きくしたままだ。

「やけで言ってるわけじゃないよ。したいから、してみようって誘ってんの。やらしいキスも手コキもしてるし、凌くんが言うところの不誠実なことなら、もう今さらだと思うけどな」

手コキなんて、目の前ではじめて耳にして、くらっとする。

「凌くんも、自分の気持ちと向き合う時間はじゅうぶんにあったはずだろ。それでも恋かどうか分からないなら、あとひと月待っても同じ事を言うよ」

吉嵩の指摘はあまりにももっともだ。

「いっそ開き直って、俺とのことを、芸の肥やしにでもすればいいじゃない」

「えっ？」

「書いてる場所が場所だからか、文章に色気が出ててイイとか言われたんでしょ、小峰さんに」

「……吉嵩さんとのこと、書いたりしてない」

「でも妄想の燃料くらいにはなってるんじゃないの？　もう……、俺につけいる隙くらいちょうだいよ。じゃなきゃ永遠に進展しない」

直接書いてはいないものの、指摘のとおり、ぼんやりしているときなどに、吉嵩との行為を思い浮かべる。それで昂ってしまい、自慰をすることもあった。

凌が怯んだ隙に吉嵩がいっきに距離を詰めてきて、凌は「ええっ」と悲鳴のような声を上げる。

「いや、ちょ、ちょっと待って」

「待たない。凌くんの『ちょっと待って』をおとなしく待ってたら、あと百年かかる」

「こ、こんなこと、『してみて違ったなら、しかたない』で済ますの？」

「済ますっていうか、しないでだめより、してみてだめのほうがずっといい」

「ええっ！　ちょ、ちょっと、ほんとに待って」

吉嵩の腕がぐるりと凌の身体に巻きついてくる。身動きできず、凌は鎌首を擡げた蛇に睨まれたような状態だ。

「死ぬほどいやだったら、本気で押しのければいい話だろ」

吉嵩は待ってくれない。だけど無理強いもしない。

今度は手首を摑まれ、袖口から吉嵩の指が滑り込む。

「俺は自分の気持ちに正直に、えっちしたいって思ってるよ。好きな人とヤりたいって思って、どこが悪いんだよ」

むちゃくちゃな口説き文句だ。

それこそ開き直りにも聞こえる。けれど、まっすぐな想いと視線を浴びせられて、凌は声を出せず、ただ口をぱく、とさせた。

「凌くんの中の価値観、変えたい。飛び込んでよかったって思わせてやる」

ふいに耳朶を指で優しく揉まれる。凌は首を竦ませた。

「よ、しっ……」

「俺にさわられて気持ちいいなら、うれしいなら、ちょっと黙ってて」

本当にそれ好きな人に対する言い草ですか、と訊きたいが、吉嵩が今度はシャツの裾を捲ったから、意識がぜんぶそっちへ導引されてしまう。

「好意を抱かない相手に身体をさわられたら、普通は不快なだけで気持ちよくない。俺は凌くんのことが好きで、気持ちよくしてやりたいって思ってるよ。どこかの誰かが言う『不誠実』なんてくそ食らえだよ。ふたりがいいなら、いいじゃない」

「よ、吉嵩さっ……」

気づいたときには、目の前に吉嵩の顔が迫っていた。

そっとくちづけられて、わずかに離れたところで視線が絡む。腰の辺りを吉嵩に直になでられて、ぞわぞわするものの不快なわけじゃない。

「本気でいやならもう抵抗して、俺をとめてくれないと。俺だってどんな状況でも自分にブレーキかけられるほどの鉄壁の理性なわけじゃないからね」

凌が黙っていると再びくちびるが軽く重なり、ほどけ、吉嵩が顔を覗き込んでくる。

今度はくちづけるふりをされて、してくれないと寂しい。さわられたらうれしい。

何か言って、と催促するように、鼻先で鼻先をくすぐられた。

「……いやじゃない……」

凌はそれだけ言葉にするので精いっぱいだ。

「最後の最後にはぜったい、好きって言わせる」

吉嵩に熱っぽい眸で見つめられ、呪文みたいに囁かれた。


吉嵩は不遜に「ちょっと黙ってて」なんて言ったけれど、けっして強引なことはしない。すでに何度もしているキスさえも、はじめてのときみたいに優しい。

くすぐるようなふれあいから舌を絡めるキスになるまで、じんわりととろかす速度で進められた。

吸われていた舌を放され、ちゅっ、とリップ音が鳴る。

凌が閉じていた瞼を上げると吉嵩と目が合って、見つめあったら再びくちびるを優しく吸い、食むようなキスをされた。

最初は緊張して身体が硬くなっていたけれど、今は首の力も抜けている。

吉嵩がしてくれるキスが好きだ。柔らかに、くすぐるように、ときにはあやすように。くちびると舌で、くまなく愛撫される。上顎も、舌下も、頬の内側も。

ソファーの背もたれと吉嵩の腕に支えられて座っているものの、手放されたらきっとぐにゃりと倒れてしまう。

——ほんとに、気持ちいい……。

頬をなでられながら、吉嵩のくちびるが耳朶、耳殻へ移動していくのを感覚で追った。

今ふれられている辺りはキスの気持ちよさと違い、性感が強い。

耳孔に舌を突っ込まれて、凌は喉をひくっと震わせた。

反射的に吉嵩の腕を摑む。だけど、やめさせたいわけじゃない。何かに縋りたいような、ぬくもりにふれて安心したいような心地だ。

「……はぁっ……ん……」

耳をぱくんと食べられて、耳孔を舌先でくすぐられると、凌の内側を舌が動く音が、がさがさと響く。身体の芯が快感に痺れてじっとしていられない。

たまらなくなってから、吉嵩の背に片手を回してしがみつく。

熱く滾った血液がペニスに集まり、凌は腰をうずっとさせた。

これまでもそこを扱いて気持ちよくしてくれるとき、きまって耳に舌を突っ込まれていたので、イメージがその行為にリンクしている。

半端に昂った状態にされて、凌の頭の中は「早くさわってほしい」という願望でいっぱいだ。

「下、脱ごっか」

吉嵩は楽しそうな声で、凌を誘う。

凌はぼうっとしながら自らパンツのボタンを外し、ファスナーを下ろした。すると吉嵩が脱がせてくれる。凌も腰を浮かせて、それに協力する。

このあとどうするんだろう、と待っていたら、ソファーから片脚を落とした吉嵩を背もたれにするように導かれた。

背後から吉嵩の腕が回ってくる。左腕で凌の腰を支えて抱かれ、右手でペニスを摑まれた。

吉嵩の手に包まれたとたん、ぐっと膨らむ。見た目にも分かるほど、吉嵩にされることを悦んでしまう。

「……ふ……っ……」

鈴口に浮かんだ蜜を指先でくるくると塗り広げられた。

ベッドでするときはその辺りは凌が積極的に見ようとしなければ視界に入らないのに、ソファーだと座っているせいで丸見えだ。

吉嵩の手が根元から雁首までゆっくりと上下して、先っぽを親指でなでられる。

どんなふうに扱かれて、そこが濡れるのか、凌は釘付けになった。

いつもより濡れているし、興奮している。視覚的な部分で刺激が強いからだろうか。粘着音が響くくらいになって、凌は息遣いを荒くしながら腰を揺らした。

「はぁっ……はっ……んっ……」

「凌くん、ここ好きだよね」

括れのところばかりを指の輪で刺激されて、凌は吉嵩の肩に頭を預けて目を瞑る。

「ふぅっ、……うっ、ん……」

先走りの蜜が増えて、扱かれるたびにくちゅっと鳴った。その音に煽られて、また濡れる。ますますすべりがよくなり、陰茎全体を手筒で刺激されはじめると、凌はつま先を引きつらせた。

「ん、んんっ……！」

「見て。先っぽがひくひくしてる」

やらしく話しかけられて凌は瞼を上げた。

鈴口から新たに垂れた蜜をまた塗りつけられ、ぐちゅぐちゅと音を立てながら手淫されている。勃起したペニスを扱かれる様を、凌は潤んだ目でじっと見た。

どんどん腰が重くなってくる。勝手に尻が揺れる。

「……すごい、とろとろ……いつもよりよさそうだし。……気持ちいい？」

凌は目を瞑って懸命にうなずいた。

蜂谷にキスされ、耳の裏側を吸われるのでさえ、ひどく感じてしまう。

「んっ……んんっ……」

「凌くんが恥ずかしいかなって、ずっとふとんの中でしてたけど、されてるのが見えるほうが興奮する？」

ふいに胸の小さな突起をゆるくつままれて、凌は「あっ」と高い声を上げた。

最初の頃は乳首をいたずらみたいに弄られるだけだったのが、二度、三度とされるうち、その部分でも少し感じるようになったのだ。

今のは肩が跳ねるくらいの、明らかな性感だった。

「乳首、ちょっと前まで小さくてかわいいだけだったけど、気持ちいいの覚えちゃったね」

唾液をまとった指で捏ねられると、その刺激が下腹まで走って、身体の奥が熱くなる。

凌は胸を上下させて、爪で乳首をくすぐられたり、弾かれたりするのも悦んだ。

しこった乳首を転がされ、張り詰めたペニスを絶妙な強さとスピードで扱かれる。

「――……あぁ、……ああっ、あっ、あ、やっ、出るっ、出る……！」

腰を浮かせてがくがくと震えながら、凌は吉嵩の手の中に吐精した。

「……っ……！」

たっぷり吐き出して、吉嵩の腕の中でくたんと脱力する。

吉嵩は凌がイくと、髪や顔にいつもいっぱいキスをしてくれて、そうされるとすごく満たされるし、しあわせな気分になる。今も、そう。

――こういうのずっと……好きって気持ちでしてくれてたのかな……。

背中から抱きしめられて、吉嵩のあたたかさでうっかり眠気に誘われる。

「凌くん、セックスはこれからだよ」

「……セックス……」

凌は茫然とした心地で、吉嵩の言葉を繰り返した。

いつもはここまで。凌がイったあと、ベッドでそのまま一緒に眠ることもあった。

吉嵩の手が脚の間の奥のほうへ、ぐっと入り込んでくる。

一度も、誰にもふれられることがなかった秘部だ。

「そ……そこ……」

「ここを使って、セックスする」

窄まりを指でくすぐられると、そこはきゅっと締まる。ふっとゆるめて、また弄られると、今度はひくひくとした。

「感度よさそうだよ」

「……吉嵩さんは、そこ使ってしたことあるの？」

男女でもする人たちがいる、というのは知っている。

「ないよ。凌くんがはじめて……だけど、凌くんとしたいなーって前から思ってたし、いろいろ調べてた。必要なものは、うちになんでもあるから都合がいい」

吉嵩がプラスチックの浅型の小物入れをソファーの下からひっぱり出した。さっき「ちょっと待ってて」と吉嵩が数分間この部屋を離れ、持ってきたものだ。

「ぜんぶ使うわけじゃないけど。うちにあった使えそうなもの、適当に」

「いろいろ、入ってる……」

コンドームくらいは知っているし、ボトルやパウチはローションなどの潤滑剤だろうな、と分かる。あとはアダルトグッズということ以外に、はっきりと用途が分からない。

「とりあえずまずはクリームがいいかなぁ。体温で溶けるやつ」

吉嵩がパウチを破り、手のひらに出すのをぼんやり眺めた。

彼を背もたれにして、脚を抱える姿勢を取らされる。反対側から見れば、尻が丸見えの格好だ。

誰も見ていないとはいえ、普通はこんなポーズでさらすところじゃないから恥ずかしい。

背後から身体を包み込むようにして抱かれ、クリームをまとった指先が、後孔にほんの少し挿入される。

「……はっ……」

「だいじょうぶだから緊張しないで……。……凌、キスしよう」

凌は誘われるまま吉嵩のほうへ首を回した。すぐにくちづけてくれて、いつもみたいにあやすようにされる。

「前にも、ベッドでいちゃついてるときにどさくさで呼びすてにしたことあるの、気づいてた？」

凌は、知らない、と首を振った。吉嵩は喉の奥で笑っている。

「ノってきたら、俺のことも『吉嵩』って呼んでほしいな」

優しいくちづけとは反対に、後孔には容赦なく指がずるりと入ってきた。びっくりして抱えた足先が丸くなる。どこまで挿れられるのかと焦ったけれど、クリームのぬめりを使って、吉嵩の指は浅く出入りするだけ。痛みはない。

「もう少し深くするから、もし痛かったら言ってね」

一度抜き、クリームをたっぷりと足された。

挿入される瞬間、肌がざわっとする。中で動く指を感覚で追うことに夢中になるせいで口が開きっぱなしになり、凌は短く跳ねる呼気と一緒に無意識に小さく声を漏らした。

どのくらいかそれをされ続け、指のつけ根まで後孔に入っているのが分かるようになった頃、吉嵩が黒い物体が入ったパッケージを開封した。

「この小さいの、ちょっとの間、挿れっぱなしにしていい？」

飲みかけのワインボトルに使う栓みたいだ。持ち手がついていて、根元が三センチほど膨らみ、そこから先端にかけて少し細くなっていくかたちで、触ると硬めのシリコン製のもの。

凌は手渡されたものをまじまじと眺めた。

「……これを、挿れっぱ……？」

どこと確認しなくても、うしろの孔しかない。

「うん。少しでも慣らしておくために。これを嵌めて拡げる間に、凌くんのを触ったり舐めたりいっぱいできるし」

「でも……指より太い」

「だって俺のちんこもさすがに指よりは太いですし」

吉嵩の言い方にちょっと笑ってしまった。

さっきから背中のほうに当たっているのでなんとなく分かる。今までは凌がされるばかりで、吉嵩の性器を見たことも触ったこともなかった。

「だいじょうぶだよ。これくらいなら、けっこうつるんと入るんだって」

何情報なのか知らないけれど、吉嵩を全面的に信用するしかない。

一抹の不安はあったものの、太いところが通るときに怖さと苦しさがあっただけで、あとは後孔に呑み込まれるようにしてそれはすっぽりと収まった。持ち手がストッパーになっているから、そこを持って軽く動かされると、指でまっすぐに抜き挿しされるのとは違った感覚がある。

それからは言葉どおり、吉嵩にあちこちを愛撫された。その最中にときどき、アナルに嵌められたシリコンを抜き挿しされたり、揺らされたりする。そこはむずむず、じんじん疼くかんじだ。

「凌くん、ここ口でしてあげよっか？」

ペニスを手淫されながら問われて、そんなこと本当にさせていいのか、と戸惑った。

「でも」

「凌くんが気持ちいいこと、したいんだってば」

いつも吉嵩はそう言ってくれる。

吉嵩は凌の答えを待たずに、首筋から、鎖骨、胸、腹、とじょじょにキスの場所を下方向に移動していく。ペニスの横で顔をとめるとそっちに向かって吉嵩が「コンニチハ」なんてあいさつするから、凌は緊張を忘れて思わず笑ってしまった。

凌の視界の先で、吉嵩が陰茎に手を添えて軽くキスをした。くすぐったくて、また笑う。

舌でべろりとされ、凌は一瞬息がとまった。そのままくちびると舌で先端を愛撫されたら、もう笑っていられない。

「……う……はぁっ……、……っ、んっ……！」

剝き出しの亀頭を歯でそっと刺激されて、柔らかな舌とくちびるで捏ねられたら腰が抜けた。

「凌くんの、いい反応。いっきに硬くなった」

悦んでいることを確認され、吉嵩の口の中に呑み込まれる。

「……っ……！」

口淫ははじめてだ。人の手でされる気持ちよさを覚えたときも衝撃的だったけれど、その比ではない。

仰臥で頭だけ高くしているから、彼にされていることがつぶさに見て取れた。ペニスを深く咥えて頭を上下させたり、上顎や頬の内側にこすりつけたり、丁寧にいとしんでくれている。懸命に愛撫してくれる吉嵩から目が離せない。

ぜんぶ見えるのが恥ずかしくて、いっそう興奮する。

手淫と同時に亀頭を口に含んで嬲られるのがたまらなくて、とうとう我慢できずに声を漏らして喘いでしまった。

「あっ……んっ……、ふぅっ……ん、んっ……」

気持ちよすぎて、もう見ていられない。それより自分の激しい息遣いが気になって、手の甲で声を押さえ、さらに背もたれとクッションに強く顔を押しつける。

――フェラって、こんなにすごいんだ……！

吉嵩の口内で圧迫され、吸引される。その濃い快感に、凌はつま先をびくびくとさせた。

口を窄めてピストンされながら陰嚢を揉まれると、下腹部が滾るようだ。

「あ……あっ……んっ、……っ……」

吉嵩が愛撫してくれているところから湧き出る熱いもので全身がいっぱいになっていく。それが溢れるみたいに、汗が噴き出す。

そのとき、ひたすら施される口淫にすっかり夢中になって存在を忘れかけていた後孔のシリコンを、いきなり左右に揺らされた。

「――っ！」

それまでよりもっと大きな波が、また別のところから突然現れたような、ふいの衝撃。

凌の身体が細かく震えて、びくびく、と腰が跳ねる。

「……あっ……あぁっ……！」

すると今度は、シリコンを何度も奥に向かって突き込まれた。

後孔のふちをシリコンの太いところがこすって、襞が捲れるのがたまらない。

ペニスを舐められ、嵌められたものを縦に横にと揺らされる。二箇所同時に異なる快感が生まれ、そのあまりの気持ちよさに凌は喜悦の喘ぎ声を上げるばかりで「イく」と宣言する間もなく果ててしまった。

なかなか呼吸を整えられず、吉嵩の口の中で射精してしまったことにも気づかないで茫然としていたら、埋まっていたシリコンを抜き取られた。

「ん……あぁっ……」

すぽんと抜けた瞬間にも、ぞくぞくと背筋に甘い痺れが走る。

「凌……首に鳥肌立ってる……」

その首筋をくちびるで嬲られながら、寂しくなった後孔に、吉嵩が今度は指を挿れてきた。最初はゆっくり、そのあとは深く、指の根元まで。

「あぁ、んんっ……！」

「指二本なら余裕で入るよ」

耳元で知らされた内容に驚いて、凌は瞑っていた目を開いた。

吉嵩が凌の上でうっとりとほほえんでいる。

「ほら」

深いところで指を複雑に動かされて、凌は吉嵩に手で縋った。

自分でしたことがない行為を、吉嵩にされている。自慰の気持ちよさとは違う。身体の底から広がる、クセになるような快感だ。凌はそれをはじめて味わっている。

「うしろもよくなってきた？」

「あっ……はぁ、はぁっ、はっ……」

未知の快楽に酔って、それを追うばかりで、ろくに返事もできない。

速いスピードで指を抜き挿しされ、内襞を掻き回されて、そこからぐちゃぐちゃと卑猥な音が響いている。

セックスみたいだ。これはきっと、彼のペニスでそんなふうにされるための前戯。

うしろがきゅううんと窄まり、煽るような指使いでその隘路（あいろ）を拡げられて、奥まで捏ねられた。

濃やかに、ペッティングが続く。

ゆるく動かされながら吉嵩に「ねぇ」と声をかけられて、凌は瞼を上げた。

「さっきうしろに挿れっぱでフェラしたの、めちゃめちゃよかったでしょ？　俺がうしろ弄ってあげてるから、凌は自分のをこすって」

「……え……？」

「手で。マスターベーション」

人前でしたことなんかない。でももう吉嵩には何度もえっちな自分を見られている。のろのろと右手を伸ばして、自分のペニスを摑む。それは先走りで根元までべとべとに濡れていて、凌はこれにも驚いた。粗相でもしたようなありさまだ。

「……こ、こんなに濡れてる……？」

吉嵩は「ふふっ」と楽しげに笑っている。

「イきたいときにイっていいから。ほら、がんばって右手動かして」

応援なのか、唆されているのか。凌は自身を摑んだ手を、いつもしているように動かした。

そんな訳はないのに、吉嵩は凌が自慰をしている姿ですら「かわいい」と囁く。

「すごい気持ちよさそう……先っぽからまた溢れてきた」

自慰に夢中になり始めたとき、二本の指で一点をぐうっと押し上げられた。

「……あっ、……やだ……ううっ……！」

「ここ……気持ちいい？」

指でそこを圧迫されるだけで、身体の奥から何か熱いものが溢れ出てくるようだ。

「きも、ちいっ……」

息も絶え絶えになりつつ答えたら、吉嵩が「前立腺」とおしえてくれた。胡桃（くるみ）くらいの大きさで「Gスポットみたいなもの」とも。新しい性感を覚えたばかりのそこをゆるく揉まれると、うずうずしてたまらない気持ちになる。

そうしているうちに腰から下が震えだし、背筋に甘い痺れが駆け抜けた。それまでと質の違う濃厚な快感だ。驚いて、凌は吉嵩の背に片手でしがみついた。

「――っ……！　んっ！」

悲鳴を上げる寸前に、吉嵩の胸に顔を押し当てたからこらえきれたのか、声も出ないほどの快感だったのか。

「凌、右手を動かすの忘れてるよ」

促されて素直に従う。うしろの、とくに胡桃を愛撫されながら自慰をすると、頭が変になりそうなくらい気持ちいい。どっちがよりいいのか分からない。ただふたつが合わさると、声を我慢するなんて理性が働かなくなって、凌は開けっぱなしの口がからからに渇くほど喘いだ。

後孔がきゅんと窄まり、吉嵩の指を締めつける。そのとき、あたると気持ちいい箇所に指が強くヒットして、凌は脚を突っ張らせた。

「……あぁ、イく……イくっ……！」

絶頂するのは三回目。

出る精液は少なくなったのに、快感は濃くなる一方だ。

凌は身を引きつらせて果て、やがてくたりと力を抜いた。

呼吸は乱れ、胸がばくばくばくっと早鐘を打っている。

まだこわばりが残る肩や首筋を、吉嵩がよしよしとあやすように優しくくちづけてくれた。

吉嵩の指は挿れっぱなしだ。

「ずいぶん中が柔らかくなったよ。ここに早く、俺のを挿れたいなぁ……」

凌は薄く瞼を上げた。ちゅっ、ちゅっと音を立てて頬にキスされ、そちらに目をやると、吉嵩がとろんとした顔で凌を見つめている。

「吉嵩さんのを……挿れ、る……？」

「うん」

セックスなのだからそうされるのは分かっているけれど、どこかまだ信じられない心地がするのだ。

これ、と手を吉嵩の熱が漲ったものに導かれた。

それはどきっとするほど熱くて、重い。

これで胡桃をこすられる感覚を想像して、凌はそっと唾を呑んだ。

緊張もするし、期待で胸がいっぱいにもなる。

「凌のここに挿れて、こすりたい。もっとくっついて、ちゃんと、ぎゅっと抱きしめたい。……してていい？」

凌の頭は何か悪い薬で痺れたみたいに、とてもスローに動いている。

吉嵩に問われたことをようやく呑み込んで、凌はこくりとうなずいた。

「慣れたらベッドがいいんだろうけど、今日はソファーのほうがいいかも。身体がずり上がってもどんづまりで、摑まるところいっぱいあるし。バックでするのも座るのも、やりやすい」

ソファーでする利点は、実際にしたことがなくて分からないから、考えが及ばなかった。

吉嵩も下衣を脱いだけれど、上衣を着たままなのはローションがついた手だと滑ってしまうから、あくまでも摑まりやすいように、との配慮だ。

「うしろからがいい？　前からくっつくのがいい？」

そんなふうに問われたら、「前から」と言いたくなる。

ソファーの座面に寝転がり、左脚は背もたれに、右脚は折り曲げたかたちで吉嵩に摑まれた。

今、後孔にたっぷりとローションを注がれたので、丸見えのところはすごいことになっている。

「りょーくん」

吉嵩の声が、うれしそうだ。

挿れる前に、吉嵩にちゅうっとキスをされた。

「好き」

さらにそう言って、にこりとほほえみ、ぬるぬるになるくらいまでクリームを塗りつけた彼のペニスを、後孔のふちにこすりつけてくる。

「ちょっとこわい？　緊張してる？　指先が冷たい」

問われて、凌はこくりとうなずいた。その指先に吉嵩はキスして、頰であたためてくれる。

いい男で、優しい。こんなふうにされたら、女の子もきっとうれしいだろうな、と思うし、好きにだってなるだろう。

ひどいことや、痛いことはしないで、ずっと紳士的にふるまってくれている。

「摑まっててもいいよ。肩でも腕でも。ふれてたら安心すると思う。俺もうれしいし」

ふれられるとうれしいなんて言われて、凌は胸がきゅんとしてしまった。

——僕も、うれしい。

頰をゆるめたとき、後孔に吉嵩のペニスが、ぬぷっ、と入ってきた。

「……あっ……」

思わず下を覗く。大きく広げられた脚の間に、吉嵩の屹立が……。

「凌」

戸惑いで宙に浮いた凌の右手を、吉嵩がしっかりと摑む。

凌がふらりと目線を上げると、吉嵩の潤んだ眸がすぐ近くにあった。

見つめあいながら、少しずつ自分の中に異物が入ってくる感覚を追う。

「よし……たか」

「うん」

ぎゅっと手に力をこめると、吉嵩も握り返してくる。

びくっと腰が動いた。いちばん太い雁首の出っ張りの部分が完全に凌の中に収まり、内襞が今度は異物を呑み込もうとするように蠢（うごめ）いている。

「……ん、はぁ……」

その声は吉嵩のものだった。目を瞑り、薄くくちびるを開いて小さく喘いでいる。

ひとごこちついて、吉嵩がふるふる、と首を振り、「すごい……」とため息をもらした。

「……もっと、奥まで、挿れていい？」

「……うん」

挿入された瞬間から、痛そうとかこわいとか、そういうマイナスなイメージは不思議となく、凌は、吉嵩が気持ちよさそうだから、もっと深く受け入れたいと思った。

さらに脚を大きく開かされて、吉嵩が前にせり出すようにして覆い被さってくる。

「凌……」

つないでいた手を放され、凌は吉嵩の肩に縋った。

腰を摑まれ、彼のほうへ、ぐっと引き寄せられる。

「う……んっ、……あっ……」

奥に向かって分け入り、押し込まれ、少しずつ開かれる感覚に凌は身を竦ませた。

吉嵩の腕と手で頭を包まれ、くちびるを重ねられる。口内をまさぐられて、凌もそれに応え、舌を絡め合った。

「凌……凌、キスしよ」

表面がこすれあうのが気持ちいい。舌下をくすぐられるのもいい。

くちづけにすべての意識を向けようと、吉嵩の首に腕を巻きつける。

いっそう彼の胸が近付いて、ぐっと腰を落とされた。

「んんっ……！」

尖端でいちばん奥を開かれて、凌は瞑った目尻に涙を滲ませた。

軽くピストンされ、深いところを突かれる。いくらか揺らされて、収まりのいい位置でとまった。

くちびるをほどいて、吉嵩が「だいじょうぶ？」と頬や瞼にキスをしてくれる。

「……はぁっ……はぁっ……」

深くまで嵌められているかんじがすごくて、身体も気持ちも昂り、胸が大きく上下した。

「凌くん、苦しい？　抜いたほうがいい？」

すごく気を遣ってくれている。凌の髪や肩にもキスをして、いたわるように腰をさする手指も、ぜんぶ凌を想っているのだと伝えてくる。

凌は懸命に、ちがう、と首を振った。

「く、苦しいけど、びっくりしてるけど、やじゃない」

だってこんな生まれてはじめての行為が、今まで見たり聞いたり読んだりしたどれとも違って、まったくの予想外で、想像が追いつかないだけ。

男なのに男に組み敷かれて、だいじに扱われて、多少はとまどったりするけど。

「なんか、うれしいなぁ……って思うし」

「うれしい？」

「……ん。吉嵩さんが優しくしてくれて、け……けっこう、しあわせだなって……」

中のかたちを思い描きながら訥々と話し、瞑っていた目をゆっくりと開く。

目の前で、吉嵩がじんわりと笑顔を滲ませていくのを凌は見ていた。

——あ……かわいい。

うれしそうな男の顔が、いとしいと思う。あたたかいものが胸いっぱいに広がる。

「……する」

吉嵩の短い宣言に「え？」と反応した直後、ずるりと硬茎を抜かれ、いっきに奥まで突き込まれた。痛みはなくて、来るのは衝撃だけ。でもすぐに、突かれるたびに甘い痺れが腹の底から生まれて、背筋に沿って全身に波及した。

「あぁっ……あっ」

何度もそれを繰り返されて、粘膜同士がこすれる気持ちよさに凌も夢中になる。

「……っあ、んっ……ああっ……！」

「凌……もっと、速いのがいい？」

「わ、わかんなっ……」

セックスをしたことがないのだから、ピストンのさじ加減なんて分からない。

すると、それまでとはぜんぜん違う速さで激しく抽挿された。

視界が大きく上下にブレる。

突き上げられる衝撃がすごいけれど、凌の頭のすぐ上は、ソファーの背もたれと肘掛けのどんづまりだ。身体が滑ってずり上がることはないものの、他に逃げようがなくて、奥壁でぜんぶ受けとめてしまう。

「あぁっ、ああっ、やあっ……あぁ、んうっ……！」

凌は吉嵩の背に腕を巻きつけ、ぎゅっとしがみつく。

今度は奥に嵌められたまま、そこばかりを攻められた。

「う、あ、あっ、あぁっ……」

「ごめん、凌っ……、よすぎて、とまんないっ……」

吉嵩がそんな言い訳をして、腰を打ち付けてくる。

すぎる快感に内襞が痙攣し、きつく収斂して、吉嵩の硬茎をはっきりと感じる。

自分の中が吉嵩でいっぱいになって、そこから湧く強烈な性感にもはや声も出せない。脳天まで響く悦楽を受けとめるのに必死だ。

ひとしきり揺さぶられて、ようやく吉嵩がとまった。

振動で脳みそをどろどろにされたみたいに、頭がぼんやりしている。目を開けられない。

「凌くん……とろけてる」

頬にキスをされて、凌はゆるりと瞼を上げた。

「……とろけ……？」

「見たことない、えっちな顔になってる。……今の気持ちよかった？」

自分からは見えないけど、きっとすごくだらしない顔をしている。

「……うん……気持ちい……」

「まだ前のほうはさわってないよ?」

言われて、そうだっけ、と思う。じゃあこの気持ちいいのはどこから来るんだろうか。

「……つながってるところ、見てみたい……」

急に興味が湧いた。凌が首を擡げて覗くと、吉嵩が凌の尻を軽く抱え、そこを見せてくれる。

濡れたペニスを呑み込んでいるのが自分の身体だなんて、どこか信じられない。吉嵩に「見える?」

と訊かれ、凌はそこを凝視してこくんとうなずいた。

卑猥さに釘付けのまま、ぬる、ぬる、とペニスを抜き挿しされて、背筋がぞくぞくする。

どうしてそんなところをペニスでこすられると気持ちいいのだろう。

凌は興奮と快感で息を荒くした。

「あっ、あっ……あぁっ……、はぁ……す、すごいっ、気持ちいいっ……」

「うん……分かるよ。太ももの内側んとこ、鳥肌になってる」

「吉嵩さっ……」

「そこ、呼び捨てがいいな」

「……よし、たかっ……」

もう一回、と甘い声で催促されて、凌は「吉嵩っ」と繰り返した。

「……おいで」

腕を引かれ、抱き起こされて、座った吉嵩の上に跨がるかたちに導かれる。

つながってはじめて前を吉嵩に扱かれ、「こっちをしてあげるから。凌は自分で動いて、腰振ってみて？」とお願いされた。だけど動き方なんて知らない。

吉嵩に手をつく場所を示され、「気持ちいいとこを、俺のにこすりつけるつもりで」とおしえられる。

凌は前を手淫されながら、吉嵩の言葉に素直に従って腰をゆらゆらと揺らした。

吉嵩の硬茎で内壁がこすれると、息がとまるくらい気持ちいいところがある。

「……んんぅっ……んっ、んっ、あぁっ」

「おんなじとこ俺にこすりつけてるけど……ここ？　好き？」

吉嵩も狙って腰を使いだしたためにいっそう強くあたり、凌は感じすぎて身体を仰け反らせた。

「あぅっ……んんっ……！」

前もうしろも気持ちよくてたまらない。背筋がぞくぞくして、力が入らなくて、うまく声を抑えきれないくらいだ。なのに。

「——あぁ……俺、もう、イきそう……」

「……っ、吉嵩、やだ」

今すごくいい。こんな気持ちいいことを、やめてほしくない。

「なんでやだ？　もっとしたい？」

同じ箇所をゆるくこすられ、凌は吉嵩の首元にしがみついてうなずいた。

尻臀を摑まれて、吉嵩にまっすぐ上下に動かされる。そうすると張り出した笠の部分が胡桃にきつくあたり、凌は「ひっ」と悲鳴のような声を上げた。

「あぁっ……それっ、す、ごい……！」

「イっても、このまま挿れっぱなしでいたいな。あとでベッドでもしよっか」

凌は揺さぶられながら、夢中でうなずいた。

身動きできないほど身体を抱きしめられて、下から大きく抜き挿しされる。

「あああ、んっ、あぁっ」

身体がばらばらにされるかというほどの抽挿が続き、ずんっと突き上げられて、最奥で吉嵩が弾けた。

奥を汚される感覚に腰が跳ね、えも言われぬ愉悦で脳が痺れるかんじがする。

身体が重い。ぐったりと弛緩した身体を吉嵩が受けとめてくれて、優しくくちづけられた。

「凌……つながってまだ、出してないよな」

その前に三回も絶頂してしまったのだ。もう出ないかもしれない。

「……でも……すごい、気持ちよくて……」

こんなにいいのだから、射精しなくてもいいんじゃないか、と思う。

男がペニスの刺激以外でここまでよくなれるなんて、凌がこれまで読んだ本、映画、ドラマも、おしえてくれなかった。

「……やっぱ、セックスでイかせたい」

凌はいいと思っても、吉嵩はそうじゃないみたいだ。

さっき話したとおり身体のつながりをとかないで、吉嵩が凌の乳首を刺激したり、ペニスを揉

んだり、緩火のような愛撫を続ける。

身体をひっくり返され、ソファーに四つん這いで、バックでつながった。

動物の交尾みたいな格好で揺さぶられると、すごくいやらしいことをしている気分になる。

「あうっ、……あぁっ、んっ、んんっ」

座面に膝をついて背もたれにしがみつき、背後から掻き回されて凌は喘いだ。

「……ん……うぅ、き、もちいっ……」

「俺も……」

前を同時に吉嵩の大きな手で扱かれるのがあまりにもよくて、凌は半泣きになる。

「あ……う、……あ、だめ、きそぅ……」

「イく？　イって」

「あ、あっ……イく、あぁっ……！」

背後から包まれるように抱きしめられ、吉嵩の硬さを後孔で感じながら凌はついに極まった。

もう出ない、と思っていたのに彼の手に吐精して、凌はとうとうソファーにぐにゃりと崩れた。

快感に痺れ、陶然として指一本すら動かせない。

ふと気づけば、髪や蟀谷や頬に、ちゅっ、ちゅっと音を立てて吉嵩にキスされていた。

「……凌くん、だいじょうぶ？」

目を閉じたまま、喉の奥で「うん」と返事をする。

「バスタブにお湯張ってあげる。水飲む？　ちょっと寒いよな」

「……水……欲しい。喉渇いた……」

ずっと喘いでいたせいで、からからだ。

「待ってて」

吉嵩はこんなときもあいかわらず、甲斐甲斐しく動き回っている。

凌を抱き起こして水を飲ませてくれて、くちびるの端から垂れた水滴を拭くところまでしてくれた。

凌をソファーに横たえると、いそいそと運んできたふとんをかけて、いとおしいものを見つめるような目でうっとりとしている。

「お湯たまったら、一緒にお風呂入ろうね。洗ってあげる」

なんだか……セックスしたら輪をかけて甘やかされてる気がする——そんなことを考えながらじいっと見ていたら、うれしそうに顔をほころばせる吉嵩に、またくちづけられた。

6.

吉嵩と身体の関係ばかり進んで、二週間ほど経った。

セックスをしたからといって何か変わったりすることなく、吉嵩はいつもどおりだ。あいかわらずのまめまめしさで、凌が『405』で原稿中に食事を準備してくれたりする。

ただ、えっちのあとは、とにかく過剰なほどの甘やかし星人に変貌するのだ。そのときは凌もぼーっとしているので何も考えず受け入れているけれど、あとから冷静になって振り返ると小っ恥ずかしい。

一緒にお風呂に入ったら、洗髪してくれるのは当たり前。身体の隅々、指の一本一本まで洗いたがるし、バスタブに浸かればバックハグが基本だ。入浴後も、ごきげんな鼻歌など歌いながら髪をブローしてくれる。ふれられるのが気持ちよくて、凌は終始されるがままだ。

——っていうか、途中で我に返っても上機嫌だから断れないし、楽しそうにしてる姿を見てるうちにこっちもしあわせな気分になったりして……。

しかし、凌が原稿に向かっている時間はぜったいさわってこないし、キスだってしてこない。それどころか必要以上に近付いてもこない。部屋にふたりきりでも、だ。一日のうちに数回顔を合わせた日でも、まったく、何もなかったりする。

パソコンを置いたデスクの前で、凌はため息をついた。

この二週間の間に、えっちは二回。凌の見聞によると、覚えたてのカップルは『毎日サルみたいにしたがるもの』だったけれど、そんなことはない。

凌のほうは態度こそ変わっていないが、気持ちの部分では変化があった。

前よりずっと、吉嵩と会いたいと思うようになった。キスすらしないまま帰るときなど、凌は十二月の寒風吹き荒ぶラブホテル街をとぼとぼと歩きながら、「今日は何もしてない」とぽつんと考えたりする。

はたしてこれは恋なのか、ただの性欲フェスティバルなのか。

ちゃんと恋を自覚していないのに、こういうことを続けていいのかな、と思う。

吉嵩は、「とりあえずしたいからする、でいいよ」と物分かりのいいことを言うが、凌はそう言われると少し胸がずきっとする。

——じつは吉嵩のほうが『そんな深く考えて出した答えなんて求めてない、重すぎる。添い遂げる約束をしたわけじゃない、男同士なんだし』……ってかんじだったりして……。

また、もやっとする。それから、しゅんと落ち込む。

セックスしたから、好意は愛になるのだろうか。情と愛は違うのだろうか。

色悪だ、人たらしだ、と称されていた色男を、自分ごときが身の程知らずに弄んでいるようで、ものすごくいたたまれない気持ちになったりもする。

中途半端はいけないよな、と頭では思うのに、吉嵩に「えっちしよっか」と明るく誘われると、自制できない。

――だって……吉嵩とするの、めちゃめちゃ気持ちいい。気持ちよすぎてだめだ。考えなきゃいけないことが、あと回しになってしまうくらいに。

「……とにかく、原稿しよう。今日は雑誌用のコメントも提出しなきゃだし、進捗窺いで電話するって小峰さんからメールきてたし」

頭を完全にスイッチして、凌はパソコンに向かった。

さらに三日、四日と間が空いて、今日は『仕事何時に上がる？』と吉嵩にLINEをしてしまった。いつもだったら『帰ります』と簡単に知らせて、都合が合えばあっちから返信があるし、忙しければ凌は自宅に帰るだけだ。

ほどなくしてLINEの受信音が鳴った。吉嵩からだ。『0時頃かな』とメッセージをくれている。現在時刻は二十二時半。零時まではあと一時間半だ。

しかし、『待ってて』とも『待てる？』とも書かれていない。もちろん今まで一度も、そういう、凌が待たされる流れになるような返信は貰ったことがない。吉嵩は自分の都合でしつこくぶらさがったりしないで、理性的でいられる落ち着いた男だ。

――どうしよう……。

自分から『待ってる』と伝えていいのだろうか。でも帰り際にそう書けば、『待っててもえっちしたい』と言っているも同然ではないだろうか。

吉嵩は仕事中なのに。

「ああああ……」

凌はスマホを両手で握ったまま、ベッドに倒れ込んだ。

本当の本当は、毎日でもしたい。

今日の原稿終わり～、とひとたびスイッチオフになると、頭の中でひとつ前の吉嵩とのえっちを反芻してしまうくらいに、凌は吉嵩とのセックスに嵌まっている。

――でも今こんなもやもやした状態で帰ったら、家でももやもや、あしたももやもやする！

ＬＩＮＥで『待ってる』と短い文章を打ち、送信ボタンをタップする寸前に指がとまった。

理性との闘いだ。吉嵩なら理性が勝つのだろう。

「それはたぶん、理性じゃなくてえっちの経験の差だと思う」

こっちはつい半月前まで性交未経験の童貞だったのだ。原稿が終わったあとくらい、覚えたての性感に頭を持って行かれてしまうのは、許してほしい。

「……えぇい！」

やぁ！　と、そぐわないほどの気合いで送信ボタンをタップした。

「送ったからって……忙しくて、日付越えても無理かもだし」

そうしたらきっとすごく寂しい。

凌は身を起こし、ベッドヘッドボードに置いた小物入れの中から、最初の日にも使ったシリコン製のものを取りだした。

「………」

吉嵩を待つ間にこれをうしろに挿れて、拡張しておくことを妄想する。

ちなみにこの黒いシリコンのものは『アナルプラグ』というらしい。

最後のえっちから数日経っている。

凌はウエストゴムを引っ張って手を突っ込み、下着の上から後孔をこすった。

「……挿れておいたほうが、僕もラクだし……」

パンツと下着を下ろし、吉嵩がいつもしているように、クリームをプラグに塗りつける。

一瞬のためらいののち、凌は「何も考えない」と呪文を唱え、それを自身の後孔に押し込んで、ふぅっと息をついた。

寝転んでいれば、異物感はそのうち消える。

凌は身体を丸めて目を閉じた。

男とセックスしたいがために自分のアナルにアダルトグッズを忍ばせるような、イケナイ子になった気分だ。

ちょっと目を閉じておくだけのつもりが、いつの間にか眠りに落ちていた。

だからふと目覚めたとき、すぐ傍に吉嵩の顔があっても状況が把握できず、寝ぼけながら凌は、いい男だなぁと見とれていた。

「凌くん、もうすぐ一時だよ」

「……え？」

「ごめん、汗かいたからシャワー浴びたりしてたら遅くなった」

瞼をこすりながら身を起こして、うっとなる。後孔にプラグを挿れたままだ。吉嵩が来る前に取るつもりだったのに。

目が泳ぐ。思わずうしろに手をやり、膝を合わせてもじっとしてしまう。

「……凌くん？」

吉嵩の怪訝な表情を見て、凌はどきりとした。今すぐトイレに逃げ込んでプラグを抜いたほうがいい――と頭を必死に動かしている前で、吉嵩は例の小物入れに手を伸ばしている。

「小物入れの中にプラグがないけど、凌くん知らない？」

訊かれて凌は不自然に沈黙してしまった。

こそこそしたところで、こんなふうにバレる。

「ベッドの下にでも落としたかなぁ……？」

――「それは僕のおしりの中にある」なんて……答えられるわけない！

吉嵩が凌に近付いてきて、にんまりした。

「……もしかして凌くんの中だったりして。探していい？」

凌はこういうときにうまく嘘がつけない。

目を逸らしたら、その直後にベッドに押し倒された。

パンツも下着も手早く下ろされて、プラグが嵌まったところを覗かれる。吉嵩は「こんなとこにあった」なんてのんきにつぶやいて、ストッパーを軽く引くそぶりをした。

　後孔のふちが捲られる感覚に、きゅうんとせつなくなる。

「……吉嵩」

「俺を待てなくて、ひとりでしちゃった？」

「してないよ……」

「じゃ何。……ここ拡げて、俺のこと待ってた？　すぐ挿れてほしいから？」

　凌はくちびるを噛んで無言になる。すると吉嵩がため息をついた。

「凌くんは、そういうのもっと口に出して言ったほうがいいよ」

　プラグをすぽんっと抜かれると、クリームがとろっと溢れ、途端に中が空洞になったような飢渇感に苛まれる。

　吉嵩は「中出しされた精液が漏れ出てきたみたいに見える」と喉の奥で笑った。

　そこを早く埋めて――そんなふうに思えば、勝手に尻が揺れる。

「即ハメしてって、言わなきゃ」

「そ……」

　頬が、かあっと熱い。吉嵩はいじわるなことを言いながら、凌の頬にキスをしたり、優しく髪をなでたりする。

「だって待ってたんだよね？　早く挿れて、っておねだりしてほしいな」

　吉嵩に「ほら」と焦らされて、凌は口をむぐむぐとさせていたものの、ついに「挿れて」と小さくお願いした。

凌が望んだとおり、吉嵩は粘度の高いジェルを足したあと指で道筋を確認すると、硬く猛ったものでそこを深くまで満たしてくれた。

他人との性行為以前に、自慰ですら毎日はしないものだったのに。

吉嵩とたった数日間しなかっただけで、こんなに欲しくなるものだろうか。

「今日、なんかすごいよ、凌くん、なんで？」

「……んっ、あぁっ！」

向かい合ってぎゅっと抱きつき、吉嵩の腰遣いに夢中になる。ぐちゃぐちゃと淫猥な音が部屋中に響くのは、ジェルの吸着力で硬茎に襞が絡みついて、その密着しているところをさらに力強く抽挿されるからだ。

「ん……うしろの締まり、すごい」

「……うっ、んんっ」

「ねぇ……凌くん、腰振って」

お願いされて、凌は吉嵩の肩に手をついた。

でも吉嵩みたいにじょうずに動けない。本当はもっと気持ちよくなれるのに。

「むりっ……」

「がんばれ」

きつく反るほど硬いペニスに胡桃をこすりつけるのを、吉嵩も腰を突き上げて加勢してくれる。

ふたりのリズムと強さがついにぴったり嵌まって、凌は声も出せないほど悦んだ。

「凌くんのうしろ、もう、とろとろ……」

「だ……って……!」

こんなふうにとろけるほど気持ちいいことをおしえたのは吉嵩だ。

「凌……んっ……、とけそう……」

吉嵩が凌の胸の辺りに顔を埋めて、せつなくため息をつくようにそうこぼすのを見て、凌は胸がきゅうんとする。

座ってても正常位でも、吉嵩の首筋に腕を巻きつけ、脚を絡め、しっかりと抱きついた格好でするのが好きだ。吉嵩をひとりじめしている気分になる。

甘く、あたたかく痺れる。胸も、つながったところも。

「吉嵩……イきたい」

「前弄ってあげるから、うしろからしよっか」

吉嵩に提案され、一度身体のつながりをといて、背後からペニスを受け入れた。

「あぁっ」

腰を高くしてベッドにすがりつく姿勢で抜き挿しされ、同時に前を手淫されると、鈴口からだらだらと淫蜜が滴り落ちる。

「あ……んっ、んっ……」

もうとっくに、終電は逃した。

腰ががくがくになるまでしたら、吉嵩の傍で眠りたい。

翌朝、凌は散歩がてら出かけたカフェで朝食のサンドイッチを食べ、『405』に戻った。吉嵩は凌が目覚める前にベッドからいなくなっていたので、日の出より早く仕事に入ったのかもしれない。

ノートパソコンを開く。原稿は折り返しより手前の地点だ。

『進捗窺いをかねて差し入れ持っていきます』と小峰からメールが入っている。小峰は吉嵩の先輩でもあるので、今日の来訪予定をLINEで報せると、『仕事の話が終わったらコーヒー持ってくから呼んで』と返信がきた。

約束の時間まで、いつものように原稿に向かい、小峰がやってきたのは正午過ぎ。ちょうどラブホも午前中のチェックアウトラッシュが終わってひと息つく頃だ。

小峰に「3章まで拝読しましたけど、続きが楽しみです」と好感触な感想を貰って、そのあとの展開でプロットを微調整したいことなどを話し、一時間ほどの打ち合わせが終わった。

「小峰さん、お茶かコーヒー飲みませんか？　いただいたもの早く食べたいなって」

「生クリーム入りのどら焼きですしね。ブラックのコーヒー、意外と合いそう」

「吉嵩も食べるかな。呼んでいいですか？」

「もちろん！」

ＬＩＮＥで吉嵩にメッセージを送るとすぐに『ＯＫ』のスタンプが返ってきた。

「スマホで呼んだら、飲み物が運ばれてくるんですか？」

「ＬＩＮＥで。あいかわらず、いろいろお世話してもらってます」

吉嵩が食事を作ってくれることもある、とだいぶ前に話したので、その辺りは小峰もよく知っている。

ほどなくして、吉嵩がトレイを手にして「お疲れさーん」とウエイターのように現れた。

「小峰さんに生どら焼きいただいたから、吉嵩も一緒に。栗といちご、どっちがいい？」

吉嵩は小峰に向かって「ありがとうございますー」と礼を述べ、「どっちも食べたいから、凌くんと半分ずつがいい」と答える。

凌の横に吉嵩が座り、菓子を配ったところで、小峰が怪訝な顔をしているのに気づいた。

凌が「？」と目で問うと、小峰ははっとしたように身を起こす。

「いや……なんか、ふたりとも普通に名前呼びだし、えらく仲良しになってません？」

「………………」

小峰からの問いかけに対して、変な間ができてしまった。

でも普通の行動しかしていないつもりだ。小峰と吉嵩は大学時代の先輩後輩で、いただきものの生菓子があるから一緒に食べないかと誘っただけ。

「初対面の日からすれば、まぁ。でも、ずっとこんなかんじだけどね」

沈黙のあと返したのは吉嵩だった。

凌と小峰は何度も仕事の電話をしているが、こうして直接会うのは、ここへ取材に来たあの最初の日以来だ。吉嵩を含めた三人で会うのも。そのときからすると、二カ月近く経っているわけだし、その分、親しくなっていてもおかしくない。しかし小峰が言ったのは、それだけじゃない何かを感じての問いだった気がする。

「うん……いや、まぁ、吉嵩がいろいろお世話してくれてたのは知ってるけどね」

小峰の口ぶりから「それにしても」というニュアンスを感じ取って、凌はじわりと緊張した。

小峰の目線がちらりと吉嵩に向く。

——……やっぱり、なんか……勘付いてる？

どくどくといやな強さで心臓が鼓動する。

今の凌と吉嵩の、しかも中途半端な関係が小峰にバレたら、小峰と吉嵩の信頼関係に亀裂が入ってしまうかもしれない。

ここは凌が仕事をしている場所だ。原稿は順調に進んでいるし、プライベートの時間ときっちり分けているつもりでも、端から見ると公私混同で、享楽の片手間と取られかねない。

「まさか吉嵩、先生に手ぇ出してないだろうなぁ」

小峰は笑顔だ。冗談のつもりだったのかもしれない。いや、冗談だから訊けたのだ。

吉嵩は「え～？」と軽くはぐらかしている。

彼はいつもそんなかんじなので、凌のほうはその隣で、同じようにのんきな反応をしていればよかったのかもしれないが、どうしても笑えなかった。心臓が異様に強く速く動き、顔がみるみるこわばってくる。こういう冗談に慣れていない。どう返せばいいのか頭が真っ白になる。

「大切なうちの作家さんに、遊びで手ぇ出してたら承知しないからな～」

「本気ならいいの？」

吉嵩の切り返しに、それまで明るい調子だった小峰が「えっ？」と声色を変えた。

「凌先生のこと、本気で好きだったらいいですか？」

吉嵩の声と表情に、さっきまでの軽さがない。

重ねた吉嵩の質問に凌は動揺し、小峰は口を開けて瞠目している。

「……冗談、だよな？」

小峰の問いに、凌はいきなり立ち上がり「冗談に決まってる！」と声をあららげた。

今度は凌のほうに小峰が驚いている。

「ただの、友だち、ですし。そんなわけないでしょ。こ、この人、いつもこういう、分かりにくい、変な冗談言うから。小峰さん、本気にしないでくださいよ」

緊張と疚しさと、この人にバレてはいけないという焦りで、凌はそんなふうに捲し立てた。


あのあと、三人で何を話したか、ほとんど覚えていない。

凌が「好きというのは冗談だ」と一蹴すると、吉嵩が「この生どら焼き、抹茶クリームのもありますよね」と話題を逸らしてくれて、それ以上は追及されなかった。

とりあえずその場を切り抜けたことにほっとしたが、胸のもやもやがわだかまったままだ。

生菓子を食べ終えた吉嵩は、「じゃ、俺は仕事に戻るんで」と『４０５』から出て行った。吉嵩が去るまで凌は顔を上げられず、目を逸らしていた。

小峰も今、帰り支度をしている。

——ただの友だち、って吉嵩の前で宣言してしまった……。

最初は吉嵩と小峰の信頼関係、吉嵩と自分の保身のことを考えた。

でも吉嵩が「本気で好き」と吐露したあとは、自分のためだけに反論したかもしれない。

——だって、あの場で認めるわけにはいかなかったし……！

どうして小峰の前で、吉嵩は「本気」だなんて言ったのだろうか。小峰は冗談だから笑っていたのであって、もし今の状況がバレてしまったら、担当編集としていい顔はしないことくらい吉嵩だって分かるはずだ。

「じゃあ、先生、わたしはそろそろ」

さっきまでのことが頭の中をぐるぐる廻っていて、小峰の声にはっとする。しかし小峰は、ビジネスバッグを手に立ち上がったものの、何か言いたげにとどまっている。

「……先生……あの……差し出がましいようですが」

「……はい」

小峰の切り出しに、凌の胸はいやな強さでどきっとした。

「ご実家からここに通うのもいいですけど、いっそちゃんとした仕事部屋を借りたほうがいいんじゃないでしょうか」

小峰の提案に、凌は緊張を漲らせる。

やっぱり小峰は、さっきの会話を冗談だとは処理していないのかもしれない。

「ここってもともと吉嵩の休憩部屋、ってことでしたよね。間借りしてるみたいなものですし。プロットからの細かい修正や変更点もはっきりしていて、執筆が軌道にのって順調なようですから、今の段階で、もうこの場所にこだわる必要もないかなーと……」

探り合うような空気の中、うろたえてはいけない、と自分に言い聞かせる。

「そ……うですね。自宅とは別に仕事場があると、気持ちの切り替えがうまくいくみたいで……このスタイルにしてよかったなぁって……」

まるで自分が小説の登場人物にでもなったつもりで、小峰の提案に同意する。

返した言葉に偽りはない。小峰の言うことはもっともだと思う。でも今ここを離れるのがベストの選択だとは、本心から思っていない。

「もし、ちゃんと物件を探したい、とかだったら、相談にのりますよ。不動産屋の友人がいるので。静かで周辺にのんびりできる公園があるようなところとか、活気があって映画館が近いところとか。銀座のど真ん中や、渋谷の喧騒が見えるところで執筆する作家さんもいますし」

「ありがとうございます。ここみたいに、目白から乗り換えなしで行けるとこだといいですね。

徒歩込みで三十分くらい。いいかんじに気持ちもスイッチできるし」

笑顔を貼り付けてそんなふうに返す自分を、本当の自分が無言で見ているような、奇妙な乖離を覚えていた。


その日、小峰が帰ったあとで原稿に戻ってもあまり筆が進まず、夕方になってしまった。

こんな日はねばるのを諦めて適当に出かけるか、いい映画を一本観るほうがいい。

早めに切り上げることにして、ノートパソコンを閉じる。でも往生際が悪く、出かけた先で急に書きたくなるかもしれないから、とパソコンをバッグに入れた。

いつものように吉嵩に『帰ります』とＬＩＮＥしたほうがいいのか……そんな些細なことすらひっかかる。

今日のあの発言はどういうつもりだったのか、吉嵩に確認したほうがいいだろうか。でもふたりの関係をはっきりさせていない自分が、何か言う権利なんてあるのかとも思う。

いろいろ考えた挙げ句に『原稿があまり進まないので帰ります』とメッセージを送った。

吉嵩から返信がないことに少しほっとした心地で『４０５』を出る。

帰り際、フロントのタケルに「吉嵩さんは？」と声をかけたが、「ちょっと用があって外に」と素っ気ないほど短く返された。

——外出してるから返事がないのか……。

自分をそう納得させ、『bloomin'』を出て、陽が傾きかけた道玄坂をのろのろ歩く。

原稿以外にすることといったらゲームくらいだけど、今は部屋の中にこもっていたくない。巷で話題になっている物を買いに行ってみるとか、見に行くのはどうだろう、と情報アプリを開いた。ニュースやネット上で話題の画像や動画、トレンドやグルメについて、まとめてチェックできるツールだ。

最初に目に入るトップニュース欄に、『人気若手俳優M、薬物使用所持で逮捕』と出ている。

——たしかこの人、主演映画の公開が決まってたよな……。

記事を読むと、やはりそうだった。同年代の作家が原作の映画だったから、頭に入っていた。

現行犯逮捕で、言い逃れなどできない状況のようだ。映画はすでに撮影済み。この俳優ひとりが犯した罪で、映画の公開が中止、もしくは延期、撮り直しになるかもしれない。凌も映画の原作者だった経験があるので、ひとごととは思えない。

『俳優Mは渋谷や新宿のラブホテル内で、他にも複数の人物と薬物を使用していた疑い』とある。

「……渋谷……って、この辺……?」

いやな予感がすぐ傍を横切った気がして、凌ははっとうしろを振り向いた。

この辺りで、俳優Mの姿を見た、という話は聞かない。凌自身も見たことはない。

しかし真っ当な経営者なら、もし俳優Mがホテルに来ていたとしても黙っているはずだ。有名人が出入りしているとSNSなどで吹聴しようものなら、おもしろがる野次馬も多いが、プライバシーも守れないと叩かれて炎上し、廃業に追い込まれかねない。また、そういう目撃情報を友人知人に漏らせば、その人がＳＮＳで拡散してしまうこともあるから、内輪話でも個人情報はぜったいに落とさない、と吉嵩が話していた。

監視カメラの映像を見ることができるオーナーとフロントマネージャー以外、清掃スタッフだってどんな客が出入りしているかを知らずにいる。凌がほぼ毎日、十二時間ほど過ごしている『bloomin'』の中でも、人とすれ違うことが稀だった。会ったのはデリヘル嬢くらいだ。

事件はまだ明るみに出たばかりで、ニュースサイトにはそれ以上の情報が上がっていない。でもそのときは、『bloomin'』は何も関係ないだろう、と凌は安直に構えていたのだった。

ラブホテル『bloomin'』に出入りしないように、と小峰から連絡があったのは翌朝九時くらいだった。

前日、小峰を交えての吉嵩との会話にもやもやしつつ帰宅し、以降も凌が吉嵩に送ったＬＩＮＥには既読がつかなかった。だから朝起きて、「今日はどうしようかな……」と迷いながら、身支度を整えていたところにそんな電話が入ったのだ。

「何かあったんですか？」

小峰に理由を訊きながら、タイミング的に俳優Ｍの逮捕のニュースが頭をよぎった。

『俳優Mが薬物乱用で逮捕されたニュースはご覧になりましたか？』
「あー、昨晩の報道番組もその話題ばかりで」
『その俳優Mが吉嵩のところを一、二回利用してたみたいで。偽名で予約したっていう履歴？
詳しくは分かんないですけど、それが俳優M側から出たとかで』
「えっ……」
ぞくっと悪寒がした。
予約、という言葉から、凌が仕事に使っていた『405』の隣、つまりあの特別室の『406』
のことなのでは、と憶測してしまう。
『吉嵩からさっき連絡があって、そういうわけであの辺一帯、マスコミとかうろうろしてるみた
いなんで、ぜったい近付かないでくださいね』
「……それ、本当ですか」
吉嵩は小峰に、他に何か言ったのだろうか。
「……それで、吉嵩は……？」
『吉嵩は、先生にご迷惑がかからないようにします、って。でもホテルの監視カメラに先生が出
入りする様子が記録されていますし、事情を訊かれることもあるかもしれないから、何も気づか
なかったし何も知らない、としっかり答えてくださいと』
ホテル内に出入りしていた客のことなど知らないのは事実だ。だから有名俳優が出入りしてい
たとは思いも寄らなかった。吉嵩だけじゃなくフロントのタケルも、凌とどんなに親しくなろう

と、客の個人情報を特定できそうなことをぺらぺら喋ったりしなかった。

嘘をつけと言われているのではないし、それはだいじょうぶだけど、吉嵩はどうなるのだろう。

『もうあの……はっきり言いますけど、今後いっさい、あのホテルには出入りしないでいただきたいんです』

「……今後いっさい……？」

『先生は純粋に執筆してるだけだとしても、やっぱりそういう事件性のあるところに出入りすると作家としてのイメージが……。もちろん、吉嵩だって事件に巻き込まれて迷惑を被ってる立場だし、悪いのはそういう罪を犯した張本人ですけど……。吉嵩が申し訳ないって謝ってました。執筆がんばってください、とのことです』

「………」

それを凌にではなく、担当編集の小峰に伝言として託したのは、直接連絡を取り合わないほうがいいという彼の判断だったのかもしれない。

『せっかく執筆がのってるとこに無関係の事件で水をさされたみたいで、私としても残念です』

小峰からの電話を切って、凌はリビングのソファーに、ぽとんと落ちるように腰掛けた。

衝撃が大きくて、まともに頭が働かない。

とにかく状況を整理しようと、凌はテレビの電源を入れて、朝の情報番組を選んだ。

トップニュースから俳優Mの薬物乱用事件のネタで、ずいぶん時間を割いているようだ。『新宿、渋谷のラブホで薬物パーリー』『数年前から常習の疑い』『人気俳優の薬物乱舞』と次々とセンセーショナルな新聞の見出しが紹介されている。

利用していたとされるホテル名は、そこには具体的に出てきていない。

小峰はさっき『偽名で予約』と話していた。

あの特別室以外に、予約して利用するのは女子会プランだけだ。当然そのプランを男性は利用できない。つまり、予約する必要がある特別室の『406』だった可能性が濃厚だ。

——いつ頃の話かはっきりしないけど……もし僕が『405』を使ってたのと時期が重なってたら、聴取とか受けることになるかもしれない。

他の客室と違い、『406』は二人までの入室を許可しているような話をしていた。それでも四人になると、乱交かどうかグレー判定だからだめだと。

特別室を利用したとしても、なんでもOKのラブホじゃないために、一、二回の利用にとどまったのかもしれない。

『数年前から常習』なら、俳優Mがとくに利用していたのは他のホテルという気がする。

——吉嵩は疚しいことはしてないはずだし、最悪の事態を想定するほどじゃないよな……?

でもこの事件に巻き込まれて、何か悪いほうに話が転がったりしないだろうか。

ホテル名が挙がっただけでも、相当の打撃がありそうだ。

執筆に入る前、凌は風営法についても調べた。ゆるかった昔に比べ、風営法が改正されて施行されたあとはとくに、新規の営業許可が下りないなど全体的に規制が厳しくなっている。それだけあらゆる犯罪の温床になっている業界であり、何か少しでもおかしな部分、きな臭いことがあれば、警察は厳しく取り締まり、処分しているのだ。

刑事処分や行政処分的なことばかりじゃなく、SNSが発達している今は真偽に関係なく、噂話を書き込まれ、無責任に拡散されたりもする。

「吉嵩……」

悪い方へ悪い方へと、妄想と想像がとめられない。

ただ今日まで自分によくしてくれたからだけじゃなく、吉嵩のことが心配でならない。朗らかで明るいキャラクターの人なんだし何があってもだいじょうぶだろう、だなんて思えない。

昨日送った『帰ります』のLINEのメッセージは、いまだに既読になっていない。もしかすると、帰り際にタケルが言っていた「ちょっと用があって外に」も、事件に関連したものだったかもしれない。

吉嵩に『だいじょうぶ?』とメッセージを送りたいけれど、小峰に伝言したくらいだから、そういう行為も控えるべきということだろう。

「……そんな……」

杞憂かもしれないが、もしかするとメールやLINEの履歴など、ぜんぶ調べ上げられて、捜査されるのかもしれない。

何かLINEで、変に疑わしい文面を送ったりしていないだろうか。

慌てて、過去のすべてのトークを遡って読み返してみる。

最初は『何か飲みたいものあったら言って』と吉嵩から来たメッセージに『コーヒーお願いし

ます』と返していた。

『出た、敬語』

『人にお願いをするときは、敬語になるのは当たり前です。そういうふうに育ちました』

『いい子』

『普通でしょ』

『それが普通って言える、いい子』

何がなんでも褒めるスタイルに、凌は思わず笑った。

スタンプもたくさん飛び交っている。

『原稿、終わんない？』

『まだ』

『今、超ひま』

『忙しい』

その二時間後。

『原稿まだ？　終わんない？』

『終わらない。応援して』

『指マッサージしてあげるからね。がんばー』

吉嵩が使うスタンプは、もちのような、棒アイスのような、謎の生物のゆるいキャラクターで、本人とは似ても似つかないところがいつも凌を笑わせ、和ませてくれた。

『お昼はパン系とごはん系とパスタ系としゃり系、どれがいい？』
『しゃり系？　って何？』
『銀しゃり的な』
『えっ、寿司？　出前？　おごり？　じゃあ寿司』
『ちっがーう。ちらし寿司的な』
『的な？』
『酢飯の上に薄焼き玉子と桜でんぶのっけるだけでーす。ザンネーン』
『桜でんぶっ？　なつい！　小学生のとき食べた以来かも。食べたい！』
そのときの自分に「ＬＩＮＥで遊んでないで早く仕事しろ」と突っ込みたい。
『凌くーん』
『何？』
『好き』
『え、そんだけ？』
『そんだけ』
このときは、まだ冗談だと思っていた。
口では「好き」と冗談でも言ったことがなかったのに。
「顔見て言うのは、てれくさかった……とか……？」
本人に訊かないと分からないが。でも、ＬＩＮＥでもこの一回だけだ。

『凌くんが原稿に向かってるときの背中をベッドに寝転んで眺めるの、けっこう好きなんだけど、ちょっと左肩が下がりぎみなので、整骨院で矯正してもらったほうがいいかもね』

『整骨院？　ぼきぼきされるやつ？　こわい』

『しかたないな。付き添いとして連れてってあげよう』

よくよく読めば、ここにも「好き」と書いてあるが、まったく気にもとめてなかった。

『原稿おわ』

『しごおわ』

『帰ろうかな』

『もうちょっとしたらそっちに行くから待ってて』

どきっとした。これははじめてえっちしたあと、二日後のＬＩＮＥだ。

いつもなら凌は『帰ります』と送信するのに、吉嵩に「会いたい」と言ってほしくて、あえて文末を『かな』にした。

目を閉じれば、その瞬間に戻って思い出せる。吉嵩からの『待ってて』の言葉が、見えているのは文字なのに、吉嵩の声で、耳元で囁かれたような気分になって、ひどくどきどきして、そわそわして、うれしかったのだ。

凌はそっと瞼を上げた。

吉嵩が使う謎の生物スタンプが、右に左にと楽しげに『待ってて』と揺れている。

『吉嵩が申し訳ないって謝ってました。執筆がんばってください、とのことです』――小峰に託された言葉は、否応なく突き放すような、さよならのあいさつみたいだった。

もう、待っていてほしいとは言ってくれない——それに気づいたら、目の前の景色が色をなくしたように映り、胸がぎりぎりと痛み出した。

きのう小峰を交えて話をしたとき。『凌先生のこと、本気で好きだったらいいですか？』と小峰に訴えた吉嵩は真剣な表情だったのに、凌は『冗談だから本気にしないで』と一蹴した。気まずいあまり、最後に吉嵩の顔すら見なかった。

——あれが、最後……？

じわりと涙が浮かぶ。

吉嵩はきっと、一緒にいれば凌に迷惑がかかる、と危惧しているだろうし、会うリスクを掻い潜ってまで逢瀬する関係ではないと思っているかもしれない。

事件が発覚したばかりの今、絶対に会いに行くべきじゃない。しかしこうなったあと、どれくらいか先で、あらためて会いに行く特別な理由もない。

——分かってるけど、最後になんてしたくない。

どうにかして会いに行くための口実を考える。

こんなときに限って、いつも『４０５』に置きっぱなしのノートパソコンを持って帰ってきていた。忘れ物を取りに行くという手は使えない。

例えば、今書いている原稿が、新刊が刷り上がったら、「その節はお世話になりました」と直接持って行くのはだめだろうか。小峰が「私が見本誌としてお送りしますよ」と言いそうだが、凌が「一緒にあいさつに行きたい」と言えば、同行させてくれるかもしれない。

でもそんな場面は半年先、もしかすると一年くらい先になる。

とてつもない未来にしか思えない。

「……む、むり……」

そんな先までなんて、とてもじゃないが我慢できない。

急に、今すぐ、吉嵩に会いたくなった。

会えないとなると、どうしてもそうしたくなる。

なんの関係もない芸能人の薬物事件に、オーナーとして巻き込まれている吉嵩を心配しているから。それもある。でも、ふたりで交わした他愛ない会話や、思い出されるひとつひとつは愛おしいものだけど、それだけでは、凌の胸は満たされない。足りない。

背中を眺めながら、傍で見守っていてほしい。会いたいから、会いたいと思ってほしい。

これが恋なのかどうかということより、どうしても今すぐ会いたいと思う衝動と、さわりたい欲望が凌の中にたしかにあって、吉嵩にさわってほしいと欲情する。会えないと分かると泣きだしそうで、そういう自分の中の嵐のような感情が、吉嵩への想いを強烈に表している。

——でももう吉嵩は会う必要はないと思ってるから、あんなさよならみたいな伝言を？

ひとりでは、悪い想像ばかりしてしまう。楽天的に、自分に都合良く考えきれない。

今この瞬間、恋人じゃない。身体から始まった関係だから本気じゃないかもしれないし——でもそんなのは表面だけ見てジャッジして、そこらによくある他人の正義感や価値観に嵌めているだけで、自分自身の心には訊いていないのだ。

凌は両手で顔を覆った。

——身体が先に、さわってほしいっていう想いに気づいていて、だから悦んだ。僕は吉嵩が好きなんだ……！

自分の滾る想いがどういうものかやっと分かったというのに、吉嵩には会うことをゆるされない状況だ。

ならば、自分がすべきことはなんだろうか。会いたいからといって無理やり会いに行って吉嵩に迷惑をかけることでも、心配してくれている担当編集の小峰を困らせることでもない。

事件のほとぼりが冷めるまで、少し時間がかかるはずだ。

その間に作家としての仕事をまっとうする以外に、作家の凌がすることはない。

小峰の心配には及ばないと説得できるようにするためにも、それしかないと思ったのだった。

7.

年をまたぎ、桜の開花の話題を耳にするようになった三月半ば、小峰から無事入稿の報せが入った。

『本当にお疲れさまでした〜。あとはゲラチェックだけですね。校正が終わってゲラをお渡しする前に連絡します』

ここまでくればほっとする。凌は著者校正の段階で大幅に書き換えることはしないので、校閲で何か大きなミスを指摘でもされない限り、誤用、誤字、脱字の修正、あとは細かい直しを入れる程度だ。

「あの……小峰さん……電話でこういう話をするのはあれなんですけど……」

『えっ、なんか大切な相談なら、明日にでも仕事部屋にお伺いしますよ？』

「あ、いえ、そこまでは……」

今は二十時を過ぎていて自宅にいるが、凌は十二月の半ば辺りから、仕事部屋としてレンタルオフィスを契約している。よくあるラブホもどきのレンタルルームではなくて、ちゃんとビジネス仕様のところだ。なのでベッドやシャワーなどはなく、机と椅子が置いてあるだけの狭いスペースではあるものの、窓の外から神宮が見える外苑前駅近くで、一年契約すればオープン記念価格設定で月３万円。仕事に必要なネット環境も整っているし、光熱費込み。郵便物を部屋まで運んでくれる。

散歩コースにも事欠かない。しゃれたカフェでランチをしたり、テイクアウトしたものを持ち込んだりして、いい息抜きになっている。

『どうされたんですか？』

小峰に問われて、凌は「はい……」と一瞬ためらった。

「小峰さん……あれから吉嵩と連絡は取り合ってますか」

久しぶりに名前を声に出して呼んだだけで、体温が上がった気がする。

凌が意を決してした質問に、小峰からは『……いいえ』と返ってきた。

『でも避けてるわけじゃないですよ。でもまぁ、ああいうことがあったあとなんで。あっちも迷惑かけたって気にしてたから。そのうち、いつもみたいに大学時代の仲間誘って、飲みにでも行けたらいいですし。簡単に壊れるような関係じゃないって、私は思ってます』

先輩後輩関係が断たれたわけじゃないと分かって、そこはほっとしたものの、吉嵩の様子がまったく分からないのが気になる。

俳優Mによる薬物事件から三カ月。あの事件に関する話題は、いまや情報番組でもほとんど耳にしない。吉嵩がオーナーを務めるラブホテル『bloomin'』について、凌は事件直後からずいぶんネット上で情報を探してみたけれど、手がかりになるようなことは何も出てこなかった。特殊な警察組織が関わる事件の捜査内容など、そう簡単に表に出てこないのも当然だ。

結局、凌が警察の聴取を受けることもなかった。薬物事件とは直接関わりがない、と捜査対象から外されたのかもしれない。

——吉嵩の生活に平穏が戻ってきていますように。

でも、祈るだけじゃいられない。

「吉嵩と、会いたいんです。もしかしたら、あっちはもう、そんなふうには思ってないかもしれないけど」

凌が『bloomin'』への出入りをやめたあと、新しい仕事場を自ら積極的に探し、原稿に励む姿を見て、小峰はほっとしていたはずだ。

『吉嵩……と？』

「事件のほとぼりが冷めるまでに僕は僕の仕事をまっとうしてから、吉嵩に会いに行くべきだと思ってたんです」

仕事が中途半端だと、あの事件があったあとできっと吉嵩は自分のせいだと思うだろうし、小峰に対しても気を遣うだろう。凌だって、小峰に申し訳なさすぎて、顔向けできない。

ここにいるはずのない小峰の目を見ながら訴える気持ちで、凌は真剣に話をした。

電話の向こうはしんとしている。

やがて『そうなんですね』と小峰の声が返ってきた。

『分かりました。でも道玄坂のラブホ周辺は、気をつけてください。あの辺りになるべく近付かなくてすむならって気持ちは、今も変わってませんから……。あの、私はふたりのことをどうこうってわけじゃなく、ちょっと過保護だって言われるくらい、先生を心配してるんです。だいじな作家さんなんで』

「……ありがとうございます。目立つ行動はしないようにします」

『吉嵩のこと、色悪だ、人たらしだ、って紹介しちゃってましたけど、ああいうの、本当に悪いやつの前だと逆に言えないっていうか……』

小峰はすまなそうに、懸命に弁解してくれている。

「分かります。来る者拒まず、去る者追わずってかんじだったんだろうなって。そういうふうに噂されちゃうくらいモテたんだろうし。でも実際には、適当に、遊んだりはしないんじゃないかなって……」

『ああ、そうです。誰だろうが分け隔てなく優しいやつなんで、すごく寄ってきちゃうんですよ。人を惹きつけるんです。それを本人も自覚してて、だからってきらいじゃない人に対して、いきなり冷たくもできないでしょ？』

「本当はどういう人なのか分かってても、担当編集の小峰さんは、仕事的にいろいろ思うところもあっただろうなって」

『そりゃそうですよ。だいじにしてる作家さんが仕事場として使ってるところで、そこにいるのが私の後輩で、何やってくれてんだって……。うまく行ってる間はいいんですよ。でも公私混同ってかんじになりはしないかとか、結果的に仕事に支障が出たらこちらとしても困りますし。彼が、私が紹介した後輩でなかったら、先生のプライベートのことには、いっさい口出ししませんけどね』

小峰は紹介した側としての責任を感じていたのだろう。

『後輩とはいえ適当なことされたら私も黙ってないですけど、正面切って、本気だって言ってましたしね。あのときの吉嵩の目と、言葉を、私も信用したいと思います』

「き、期待していただいて申し訳ないですけど、あっちはもう、そういうんじゃないかもしれないですし……」

だって、あれから三カ月も経ってしまっている。

『動くことを決意したときが最大にして最高のチャンスです。きっと恋も、仕事も』

凌は「そうですね」と笑った。

小峰との通話を終え、ほっと息をつく。

とりあえずＬＩＮＥをしてみようか、とアプリを見たところ、通知が届いていてどきりとした。

たった今、小峰と、吉嵩のことを話したばかりだ。

吉嵩かと思ってはやる心でアプリを開いたら、さすがに違った。トーク画面の通知音も鳴らないように設定している『高校同窓会』のグループＬＩＮＥ。めったに動かないし、凌はロムするばかりで、この中で一度も発言したことがない。ただグループに招待されたから入っているだけの状態だ。

とくに同窓会がなくても、仲のよかった人たちはときどき集まって飲み会をしているようで、凌は当然そこにも参加したことはない。

グループのトーク画面に『同窓会開催のお知らせ』と表示されている。今回はただの飲み会じゃなく、本当に『同窓会』らしい。

「……同窓会……」

これまでに飲み会どころか、同窓会にも顔を出していない。たしか大学卒業から就職の時期に合わせて、同窓会が開催されたはずだ。

『3年A組の担任の長井先生が、今年度で定年退職されます。現国担当、サッカー部の顧問として、先生にお世話になった生徒はクラスを越えて多くいるかと思いますので、急ではありますが、先生のご退職をお祝いし……』

「先生って、もうそんな歳か……」

クラス担任の長井は、凌が作家デビューすると分かったとき、とても喜んでくれた。他の生徒たちの声の中には、やっかみや冷やかしが混じっていて聞こうとしなかった凌も、先生の「おめでとう」は素直に受けとめた。本を何冊も買って職員室で配っていたと聞いたこともある。

同窓会のグループLINEに招待されたきっかけも、先生が直接、凌にメールで呼びかけてくれたからだ。

――……行ってみようか。

ふらりと思う。

以前なら、ぜったいにそんなふうに思わなかった。行けばいやな思い出も蘇る。態度を変える人間もいるだろう。そういうのを見たくないからと、勝手に妄想して、怖がって、近付くことを避けていた。

大人になった今なら、刃を躱す方法だって知っている。でもいざ外に出ると、そこで会う人は意外と優しいのだ。それももう分かっている。

砦にこもっていた凌を「出ておいで」と誘い、その一歩を受けとめてくれたのは、吉嵩だった。

添付されていた同窓会の案内のPDFを開くと、長い文面の最後に、各クラスの同窓会委員の名が並んでいるのが目についた。いつもなら、こんなところまで読まずにトーク画面を閉じるのだが、場所や日時をはじめてチェックしたからだ。

その中に見知った名前を見つけた。

「……真野……吉嵩……？」

これは悪い冗談だろうか、と何度も確認する。

そもそもこれは同窓会グループのトーク画面なのかと、そこから疑った。

『3年D組　真野吉嵩』

同姓同名？　しかし、そうそういる名前じゃないはずだ。

グループの人数は軽く百人を超えている。メンバーをチェックしたことはないし、文面を最後までしっかり読んだのもはじめてだった。

「ちょ……と……待って。同じ高校……？　同級生だったってこと？」

凌は3年A組、真野吉嵩はD組。たしかAとDでは階がひとつ違ったはずだ。1年、2年の頃に一度でも同じクラスになったことがあったら、いくらなんでも、少しは覚えているはず。

「いや……どうかな……」

それすら自信がない。

凌は慌てて自室の押し入れを開け、卒業アルバムを捜した。しまうならここ以外ないのに、見つからない。アルバムを眺める機会など、卒業してからまったくなかったのだ。

「たしか、えんじ色だった……ような」

押し入れの奥から箱を引っ張り出し、ずいぶんがさがさと漁っているうちに、高校の卒業アルバムが出てきた。

慌ててページをめくる。３年Ｄ組。そこに真野吉嵩は本当にいるのか。

クラス単位の集合写真がある。

「ま、ま……真野……」

名前を見つけて、凌はさした指先に力をこめた。

「……い、る……」

今よりずっと幼いかんじがするけれど、間違いなく吉嵩だ。

どういうことだろう。

クラスは違うものの、同じ学校の同級生だったなら、もしかして、吉嵩は凌のことを知っていたのではないだろうか。

凌のペンネームは『緒川』と書くが、本名は『小川』だ。字が違うから気づいていない、という可能性もあるのではないだろうか。

「……あ、違う……」

そういえば吉嵩は「俺、凌くんのデビュー作は読んだよ、高校生んとき」と話していたことを思い出した。

「……え……じゃあ」

間違いない。吉嵩は、凌のことを知っていたのだ。最初会ったとき、いや、あの再会した瞬間にも。

「どうして……」

言ってくれなかったのだろう。

「ち、違う、言ってた……『どこかで会ったことありません？』って……」

取材ではじめて顔を合わせたあの日、凌は吉嵩に「はじめまして」とあいさつした。

「僕があまりにも覚えてなかったから……がっかりしたような顔をして」

それだけじゃない。本を読んだことを話してくれたときも、簡単な感想しか言えないと吉嵩は恐縮して『そりゃあ、記憶に残んないよね……』と少し寂しそうだった。

デビュー当時、「おめでとう」と声をかけてくれた同級生もいた。あれは吉嵩だったのではないか。『記憶に残らないよね』という言葉が指していたのは、その過去のことだったのではないだろうか。

しかしいくら頭の中の記憶を探っても、吉嵩に関する確たるものは何も出てこない。「おめでとう」と言ってくれた人の顔も、声も、何ひとつ、凌の中に残っていなかった。

その後もまったく思い出す気配がない凌の傍で、吉嵩はどう思っただろうか。

「……僕のほうこそ、残酷だ」

人の想いを受け取る気がなかった。いじわるな言葉をぶつけてくる人と、いっさい受け取らない自分と、どう違うのか。本質は同じじゃないだろうか。

もう遅い時間で、これからラブホテルはピークタイム。あしたのほうがいいかと思っていたけれど、陽が昇るのを待っていられない。

『動くことを決意したときが最大にして最高のチャンスです。きっと恋も、仕事も』

小峰の励ましを「今しかない」と自分の都合のいいように解釈して、凌はこぶしを握りしめた。

「……行く」

卒業アルバムの中の吉嵩に「待ってて」と心の中で宣言して、凌は立ち上がった。

渋谷区道玄坂二丁目のホテル街。最後に来たのは十二月で、ウールやダウンのコートが必須の時季だったが、今は薄手の羽織り物でじゅうぶんなほどだ。

数カ月ぶりに見るラブホテルの並びは、まだクリスマスが続いているのかなと疑問が湧くほど電飾が派手派手しい。

時間を考慮せず、何も考えずに来てしまったけれど、タケルがいれば、フロント裏くらいには通してくれそうな気がする。

いくつかの曲がり角を抜け、ラブホテル『bloomin'』がその通りの先に見えた。

しかし、凌はそこに着く前に、デジャヴのような光景に出くわした。

遠目でも分かる。だいぶ前を歩いているのは吉嵩と女性だ。

――……やっぱもう、僕のことはどうでもいい……？

さよならみたいなあいさつを小峰に託けたのは吉嵩だ。あのときにもう、彼の中で終わったのかもしれない。

――好きって、言ったくせに！

駆けていって、跳び蹴りはできないから、膝かっくんでもかましてやりたい気持ちでいっぱいになる。同級生だった事実を忘れていたことなど棚上げして、一方的に、不誠実だと責めたい。

凌は両方にこぶしを握り、前方のふたりのうしろ姿をきっと睨んだ。

誰にも文句を言わせず、逃げも隠れもせず吉嵩に会うために、原稿と向き合ってきた。

それがおまえの仕事だろ、好きで選んだ仕事だろ、といわれればそれまでだけど、なんの褒美も希望も安らぎもないまま、ただただ書き続けられるほど簡単じゃない。強くもない。むしろ、周囲では類を見ないほどの弱虫だ。でもとてつもなく弱いから、どこかの誰かがそんな自分の言葉を受けとめてくれるはずと、ほのかな希望を抱いて、小説を書き続けているのかもしれない。

――言葉は誰かが受けとめてくれるかもしれないけど、僕自身のことを受けとめてくれるのは、たったひとり、彼だけでいい。

吉嵩はそんな凌のことなど忘れて、適当に女の子と遊んでいたかもしれないと一度でも疑うと、どうにも我慢できない。だって、目の前にそれを彷彿させるような吉嵩の姿があるのだ。

「吉嵩っ……」

凌は狭いラブホテル街を全速力で走った。このところたまにジムで運動もしているので、ちょっと体力もついたのだ。

それまではただのシルエットだったのが、はっきりと表情が見えた。

――またその女っ！

リネン業者の営業の人、菜桜だ。同じ業界の人間同士でお似合いのカップルだなんて言ったこともあったが、本当は心にも思っていないし、今だって認めるわけがない。

「よしたかぁっ！」

振り向いて、驚きで目を見開いている吉嵩に身体ごとぶつかった。

「えっ……わあっ……！」

吉嵩が短く叫び、勢いで数歩うしろによろけたものの、飛び込んできた凌の身体をしっかりと受けとめてくれている。

「ちょ、ちょっと……」

「浮気者！　人でなし！　人たらし！　ろくでなし！　色悪！　ヤリチン！　スケベ野郎！　性豪！　漁色！　カサノバ！」

「作家の罵倒はえげつないな」

凌を胸に抱いて、吉嵩は笑っている。そんな吉嵩の横で菜桜が「語彙力～」とこちらもまた笑

っていた。

「凌くん、カサノバってなんだっけ?」

「……十八世紀に男女誰彼構わず千人喰いしたエロ魔人」

「わお。俺をその人と並べるなんておこがましいわー。俺、意外と数はそんなでもないんだよね」

するとと「そういうのは人数じゃなくて回数だよね」と菜桜が言うので、凌は吉嵩に抱きついたまま「……回数?」と菜桜に問いかけた。

「同じ人と何回したか、っていう。つまり、どれだけその人を追究できたかってことよね」

「追究……」

「愛するっていうのは、その人をとことんまで追究するってことよ。人の上澄みだけ掬ったって綺麗なところしか見えないし、隠れたところにある深い快感は得られません」

じいっと涙目で凌が見つめていると、菜桜は「わたしはワンチャンスすらなかったけどね」とちょっと切れ気味に言った。


吉嵩は今日、業界の者同士で集まる会議に出席していただけだったらしい。

「いろいろと規制やなんやで大変な業界だし、犯罪の温床だしで、お客さんのプライバシーも保ちつつ、ある程度は情報共有もしなきゃなって、話し合う飲み会」

菜桜を送ったあとそのまま、凌は松濤にある吉嵩のマンションに連れてこられた。

「今日……ラブホの、仕事は……？」

今さらだけど、いちおう確認しておく。話の途中で「仕事だ」と消えられてはたまらない。

「飲み会の時間から、あしたの午前中までお休みです」

あいかわらず、吉嵩が完全な休日として丸一日過ごせることはほぼない。

凌は大きなL字のソファーに膝を合わせてきっちり座っていて、吉嵩はそんな凌を追い詰めるように顔を近付けている。

「あの、薬物事件は、結局どうなったの」

「俳優Mが出入りしてたの、調べたら一年前のことだったんだよ。だから凌くんが『405』に入ってた期間は一度も来てない。それに、偽名使って予約されて、入退出のときは当然変装してるから、それが俳優Mだったなんて知らないし、部屋で何をしていたかは分かりません」

吉嵩の説明で事の真相がはっきりし、凌はやっとほっとできた。

今だからこんなふうに話せるのだろうけど、事件発覚当時は、吉嵩もホテルも、聴取や捜査に巻き込まれて、それなりにたいへんだっただろう。

「凌くん……原稿終わったんだって？　久しぶりに小峰さんからさっき連絡あった。本が刷り上がったら持って行くって言われたから、今日来るとは思わなかったなぁ」

「どうしても会いたくて、我慢できなくて。そっちは、どうだったんだよ。もう、他に好きな人とか」

吉嵩が腕を伸ばしてきて、凌はすっぽりと抱きしめられた。

「凌くんだけだよ。俺だって我慢してた。ちゃんといつか凌くんと会えるだろうって信じてた」

「うそ……」

「ほんとだって。一緒にいることにリスクがあるうちは、ぜったい凌くんに迷惑かけたくないって思ったし、俺とのもろもろが原稿の妨げになれば、凌くんだけじゃなくて、小峰さんにも顔向けできないなって。俺はもう、好きって気持ちを伝えた側だから、あとは凌くんが来てくれるのを待つしかなかった」

髪をなで、背中をさすってくれる、吉嵩の優しい手。

「吉嵩……僕、……ごめん。吉嵩と同級生だったこと、忘れてました」

だけど、「おめでとう。すごいね。本、おもしろかった」と言ってくれた同級生がいたのはうっすら覚えている。凌はその言葉を素直に聞けず、目も合わせず、そのときの相手がだれだったのか、やっぱりどうしても思い出せなかった。

「やっと気づいてくれた」

「同窓会のグループＬＩＮＥに入ってなかったら、ずっと気づかなかったかもしれない」

気づいたときの経緯も、吉嵩に話した。同窓会に行ってみようかな、とはじめて思えたのは、きっと吉嵩のおかげだ。

「僕に……高校の頃『おめでとう』って声をかけてくれたの、もしかして吉嵩だった？」

「へぇ、それは覚えてるんだ？」

「覚えてるっていうか……あのとき無視したことに対する申し訳ないって気持ちばっかり強烈で、なんとなく記憶に残ってるだけ、なんだけど」

「そうだよ。俺、勇気だして凌くんにはじめて声かけて、無視されたんだぁ～」

「うわぁ、ごめんーっ、最低だ。でも同じクラスにはなったことないよね？」

「ありますけど。選択科目で、英語で、同じクラスでしたけどっ？」

ついに泣き真似など始めた吉嵩に、凌は両手を合わせて本気で謝った。

「選択科目って……そんなの覚えてないよぉ」

だって授業中にも小説を書いていたのだ。それに対する罰なのか、凌は英語の担当教師に長文の暗記ものばかり発表させられていたこと以外、何も覚えていない。

「俺はいちいち細かに覚えてるよ。凌くんが窓際の席だったことも、英語のノートに何書いてんだろって覗いたら、なんかやたらどエロい言葉ばっかり綿々と書き綴ってたのとか」

「ややややめて。そんな黒歴史……！」

語彙力アップのため、暇さえあれば、オリジナルのエロ関連用語集や、言い回し集や、換言集というまとめを作っていたのだ。それをまさか吉嵩に見られていたなんて。

「だって、好きだったから」

「……え？」

どういう意味の「好き」なのかと、凌はくっついていた吉嵩の胸から顔を離し、目を丸くして見上げた。

「小説書いてる同級生なんて、俺からしたらいい意味でエキセントリックで、しかもかわいくておとなしそうな顔に似合わない、俺も知らないようなえげつないエロ用語をノートにびっしり羅列だよ。そんなの気になってしょうがないよ。電車で近くに立ったこともある。図書室でうしろに座ったこともある。でもきみはぜんぜん気づきませんよ。本に夢中なんだもんね」

恐ろしいくらいに記憶にない。それは本当に僕だったんでしょうか、とお伺いしたいほどに、まったく。これっぽっちもだ。

「え……じゃあ、『最初に会ったときから』って言ってたの、あれ……高校の頃のこと？」

吉嵩はしょうがないなというようにため息をついた。

「そうだよ。すっかり忘れられてるし、そういう昔の話をさりげなくしても、凌くんはぜんぜん思い出してくれない。俺のことなんて凌くんの記憶の片隅にも残ってないんだなーって悲しかった。だからもう意地になって、こっちから言うもんかって。だって言ったところで、覚えてないんだろうし。そんなの虚しいだけだし」

だんだん吉嵩の声が消沈していく。凌は申し訳なさが募るばかりだ。

「凌くんのプロフィールって非公開で、俺が同高出身の同級生だとか積極的に小峰さんに話すのもあんまりよくないのかなーとかいろいろ気も使った。お喋り野郎って思われたら困る」

「ううう。デビュー当時に高校生だったから本名とかもろもろ伏せられてて、それがそのままずるずると……今はもうべつにどうでもいいというか、公にするタイミングを逃してるだけです」

「まぁ、たとえ再会の日に小峰さんから『同高出身の同級生なんだってね』って話をふられても、凌くんが覚えてないんだったらあの場で気まずいだけだったし」

まったくもって吉嵩の言うとおりだ。凌はひたすら「ごめん」と謝るしかない。

「うちのホテルに凌くんがはじめて来てくれたとき、今度こそ捕まえたいって、内心でめっちゃ湧いてたからね」

「……そ、そうなんだ。……だからごはんとか一生懸命に作ってくれた？」

「当たり前じゃん。目的もなしに好餌をまくほど、俺はいい人でもばかでもない」

想いがあるから、あれこれ甲斐甲斐しくお世話しまくって。タケルが「俺らにわざわざ作って食べさせるとか……ナイナイ」と話していた内容とも合致する。

あれもこれもすべて、凌に気に入られたいがために、吉嵩が必死にやっていたとは。

「……吉嵩……すごい、かわいいね」

ほわわと、胸があったかくなる。

ただの世話好きじゃなく、暇つぶしでも気まぐれでもなくて。

「凌のことが好きだっただけだよ。今度こそって、ぜったい逃さないように必死だった。気持ちこめまくって、ならべて、求愛ダンスに懸命なオスだった」

涼しい顔したこんないい男が、水面下で必死に水かきしていたなんて。

「それなのに僕、吉嵩の気持ちもちゃんと信じきれてなくて……。えらそうに『相手の気持ちを値踏みしちゃだめだと思う』なんて言っておいて、ほんとごめんなさい……」

「今を、これからを信じてくれるならいいんです」

せつなげな顔をした吉嵩に、凌は自分の胸がきゅうんと絞られるのを感じる。

「信じる。信じるよ。僕も吉嵩が好きで、不安だったのも、信じるのが怖かったのも、好きだったからだ。さわられるのも、さわるのもうれしかったのは、僕が吉嵩を好きになってたからだ。抱かれてしあわせに浸ったのも、ぜんぶ、吉嵩のことが好きだったからだ。僕は、吉嵩としたかったから、したんだ。たしかに」

ひとしきり吐露して、吉嵩の胸にひたいをくっつけて、ふぅっと息をつく。どんな言葉でなら、自分の想いをじょうずに伝えられるだろうかと迷う。小説の中で、キャラクターたちはとても饒舌に、熱い想いを語っていて、それはぜんぶ凌が紡いだ言葉、書き綴った文章だった。

顔を上げ、静かに決意する。

「……僕も吉嵩のことが、好きです」

吉嵩の眸を見つめて、ゆっくりと、大切に、想いを声にのせた。

作家とは思えないほど単純で、実際にはリリカルにはならないものだ。


三カ月も離れていたから、後孔ははじめてみたいに硬くなっている。その辺りを考慮して、このままソファーでしよう、と吉嵩ははじめての日と同じことを言った。

吉嵩にフェラチオをされて、凌もはじめて吉嵩のペニスを自分の口で愛撫した。

ふたりで同時にもそうした。いつも吉嵩がしてくれるのを眺めるばかりで、それも興奮していたけれど、互いを舐めて高める行為はもっと、愛し合っている気がしてしあわせだと思う。

たっぷりいとしんで、ふたりはたくさんキスをした。

その間も、吉嵩が指で後孔を少しずつほぐしてくれる。

「サンプル品がいっぱいあるんですよ」

いろんなかたちをしたプラグを「お好きなものを選んでください」と差し出された。

ビーズタイプ、球形や波形のもの、ティアドロップ型や、ペニスの尖端を摸したものなど。

「普通で、普通のでいいです」

ビーズタイプや波形なんて上級者用っぽいし、視覚的にも刺激が強すぎる。

「ん、じゃあ普通のね」

くぷん、とプラグを沈められて、凌は背筋を突っ張らせた。

ずいぶん気遣われながら中を拡げられ、プラグに慣れたところで引き抜かれて、ようやく奥深くまで吉嵩の指が入ってくる。

冷たい道具じゃなくて、吉嵩の優しくてあたたかい指で、早く中をなでてほしかった。

待ち望んでいたから、内壁をずるりとこすり上げられただけで、凌は「あぁっ」と短い悲鳴を上げてしまった。

指にクリームをまとわせては、それを何度も中に押し入られ、後孔がずるずるになっても、丹念にたっぷりと仕込まれていく。

「凌くん……凌……」

吉嵩に片手でしっかりと抱きとめられ、指のピストンで後孔がぐちゃぐちゃと粘着音を響かせるまで愛撫された。

吉嵩の指を呑み込んだところがうごめき、喘いで、ひくついている。

「はぁっ、はぁっ、あっ、あぁっ……」

たくましい胸に頬を寄せ、凌は熱い呼気をそこに押しつけた。

気持ちいいところを吉嵩に時間をかけて揉みしだかれていて、凌は脚からつま先にかけてずっとこわばっている状態だ。

「ふぅん、あぁっ……んんっ……っ……！」

「すごいよ……これ軽くイきっぱなし？　ずっと気持ちいいの？」

凌は吉嵩の胸でこくっとうなずいた。

身体が浮いている気がするほど、気持ちいいのがとまらない。

自ら腰を揺らせば、もっとよくなれる。

「あぁっ……あっ、ああっ」

「凌、このまま指でイく？　それとももう挿れよっか？」

凌は薄く目を開いて、吉嵩のペニスに手を伸ばした。

「これ、挿れて」

おねだりされてうれしそうな吉嵩の肩を押し、「ちょっと舐める」と凌は身体を起こして、勃起している吉嵩のものを口に含んで唾液で濡らした。

「凌っ……」

唾液でぬめり、がちんと硬くなったペニスを口から出して、凌はソファーに寝転がりながら「きて」と吉嵩を誘う。

吉嵩は熱に浮かされたような、興奮もあらわな面持ちで、凌に覆い被さった。

待ち望んでいたところに、吉嵩の熱い塊がずぶりと沈む。

吉嵩の硬茎を迎え入れた途端、きゅううと後孔が締まるのが凌にも分かった。うれしくて、気持ちよすぎて、凌の意識とは関係なく勝手に身体がそうなる。

「すごい、凌くんの中、吸いついてくる」

吉嵩の背中に両腕を巻きつけ、両脚で腰を抱え込み、これ以上くっつくのは無理という限界までしがみついた。

硬い先端で抉られて、悲鳴みたいな嬌声を上げる。

「……っもち、いいっ……あぁっ」

入り口も、中も、奥も、きつく吉嵩の屹立に絡みついて、まるで舐めるように蠕動(ぜんどう)した。

「よ、したかっ」

「……だめ、だよ、凌……そんなふうに、したら……イくから」

「僕は、何もしてない」

「うそだぁ。ぐにぐにしてくるって……んっ」

勝手に吉嵩をもっと奥へ誘おうと身体が動くし、もっと熱さと硬さを感じたいと絡みつくのだ。

「凌……！」

「あぁーっ……やっ……あぁっ、よしたかっ……」

収斂している隘路を硬いもので抜き挿しされるときに、粘膜が強くこすれるのがたまらなくいい。濃厚な快感で腰が痺れてしまっている。

「あうっ、いいっ……ああっ……！」

「俺も、気持ちいいっ……腰とまんない。もっと強くしていい？」

「強く……？」

凌がいつも感じすぎてしまう胡桃に、雁首の括れを押しつけてごりごりとされる。

「あああっ、やあっ……！　よしっ、吉嵩っ」

「……凌っ」

突き上げられたときの逃げ場を肘掛けに遮られ、凌は吉嵩を奥壁で思いきり受けとめた。

声も出ないほど感じている。

全身が快感に引き攣れて、凌は腰をがくがくとさせた。

頭が変になる、と思いそうなくらい、気持ちいい。すごく気持ちいい。

「吉嵩っ……イきそう……、もっと」

指がふれただけで跳ねる敏感な腰を両手で摑まれて、ひとしきり激しく抽挿される。

凌はもっとよくなりたくて、自分のペニスをぎゅっと摑み、自慰を始めた。

敏感なところを強くこすられて、背筋が大きく跳ねる。

「う、くっ……」

右手をとめられない。同時に後孔を浅く深く掻き回され、吉嵩のペニスがこするのをうれしがってきつく締めつけている。

「凌、うしろすごいよ」

結合部がぐしゅぐしゅに白く泡立って、そこから背中にかけてだらりと流れていると吉嵩におしえられた。

「……ううっ、あっ、それ、だ、めぇっ……!」

最奥に嵌め込まれ、吉嵩に腰を掴まれて大きく掻き回されている。

「このままイく？　イけそう？」

「んあっ、イく……イく、イくっ……!」

「俺も」

凌が前を弾けさせると、それを追うようにして吉嵩が奥で極まった。

奥壁に精液を激しく叩きつけられると胸の辺りがざっと粟立って、また軽く絶頂する。

目を開けても、涙の膜が張って何も見えない。

「はぁ……凌……最高だった……。凌の中で、とけてる気がする」

「……僕も……」

昂ったまま、なかなか降りてこれない。

「まだ痙攣してる、すごい。今こすったら、中でイっちゃうかな」

そう言いながらすぐに吉嵩が動きだして、凌は半泣きになった。だって、痙攣しているところを抜き挿しされるときの快感がすごすぎる。

「んんっ、やあっ、ああっ」

奥まで入っていたものをずるんと引き抜かれたと思うといっきに奥まで沈められ、腰を揺らされて、甘ったるい嬌声を部屋に響かせた。

好きな人と離れていた分、もっとずっと、強く深くつながっていたい。

「もう、ぜったい、離れたくない……」

快感と感情が同時に昂って、凌は吉嵩にしがみついた。

「離れないよ。二度と。放してあげない」

ただの睦言じゃなくて。

吉嵩にならそうしてほしい。そうされたい。

凌は嗚咽でひくひくと胸を上下させながら、吉嵩の律動を全身で受けとめ、しあわせに溺れた。


こうなるまでになんだかいっぱい考えていた気がするのに、凌は「あんまり思い出せない」と顔を顰めた。

今凌の胸にあるのは、ただただ吉嵩を好きで、好きで、好きすぎるというなんだかちょっと手に負えないくらいの感情だけだ。

「ちゃんと考えようって、これでもいっぱい悩んで、なのに……なんだったっけ」

これは恋だろうかとか、軽い気持ちじゃないかとか、なんだかそんな理屈っぽいことをたくさん考えていたはずだった。

「それでいいんじゃない？　ふたりの間にあったいろんなことの上に今があって、好きだって気持ちを凌がちゃんと言葉にしてくれたの、ぜんぶ伝わってる」

吉嵩は俺が分かってるからいい、と受け流そうとする。

「吉嵩はそりゃあ、高校生活にぜんぜん馴染んでない変な僕のことが気になってて、ずっと見ててくれたのかもしれないけど……」

そんなふうに言ったら、なんだかものすごい思い上がりのような気がして、凌は自分で恥ずかしくなってしまった。

「ほんとのことだから、てれなくていいよ」

「だ、だって、そんな、僕みたいなのが愛されるとか……妄想がすぎて、自分に都合よく捏造してるかもしれない」

「しあわせな妄想どおりになってよかった〜って、一生脳みそ爛れさせてあげる」

凌は吉嵩の腕の中で「ううう」と顔を覆った。

泣いてるわけじゃない。うれしくて、呻いたのだ。

「今、凌くん、どこかのマンスリーみたいなの借りて、原稿やってるらしいね」

小峰から現在のことについて、軽く聞いたのだろう。

「俺がラブホで仕事してる間、ここで原稿してもいいよ?」

「でも一年契約しちゃったから、それまではちゃんとレンタルオフィスで原稿する。じゃないと、うまくスイッチできなくなりそうだし……」

「スイッチ?」

「原稿と……吉嵩とこういう、なんか、いちゃいちゃ的な時間の切り替えが……。ぼ、僕、吉嵩とするの、すごい好きだから、だからね、ばかになりそうなんだよ。でも、さすがにそのうち、サル的なアレも落ち着くかなと……」

「サル的なアレ」

にやにやがとまらない吉嵩のおでこを、「笑うなぁ」とぺちんとはたいて、それから凌は吉嵩の首筋に腕を回した。

「吉嵩とＬＩＮＥでやり取りするの、好きだし」

「ふぅん?」

「吉嵩とごはん食べるのも、お酒飲むのも好き。それ楽しみにして原稿がんばれる。あと……僕、吉嵩のキス、最初からすごく好きだった」

「ほんと? うれしい」

見つめあってほほえみ、新しく始まる日々を思って、はじめてのような気持ちでくちびるを合わせた。

クロスノベルス様でははじめまして、川琴（かわこと）ゆい華（か）です。

『恋の花咲くラブホテル』を手に取っていただきありがとうございます。お楽しみいただけたでしょうか。はじめての新書で、どきどきしています。

今作はラブホで出会ってラブホで恋をする、終始ラブホで展開するお話です。作中で凌（りょう）が書いていたのは群像劇、今作は密室劇っぽいでしょうか。書いている間『萌えとは』をずっと考えていました。BLでいう『萌え』は、男同士の恋のどきどき感かなと勝手に解釈しています。あと、同じ仕事をしている者として、頭も身体もこもりがちな凌の傍に吉嵩（よしたか）みたいな人がいてくれて、ちょっと肩の力を抜けたらいいよね、とそっと見守る気持ちで書いていました。

コウキ。先生が描いてくださった甘いお菓子のようなかわいいカバーには、お話のパーツがちりばめられていて、すごくうれしかったです！

担当様。優しく広い心で原稿を待ってくださり心より感謝申し上げます。

最後に読者様。ここまでお読みいただき、ありがとうございました。お手紙やSNSでご感想をいただけたら、本当に本当にうれしいです。

こうしてまたお目にかかれますように。

川琴ゆい華

CROSS NOVELSをお買い上げいただき
ありがとうございます。
この本を読んだご意見・ご感想をお寄せください。

〒110-8625
東京都台東区東上野2-8-7　笠倉出版社
CROSS NOVELS 編集部
「川琴ゆい華先生」係／「コウキ。先生」係

CROSS NOVELS

恋の花咲くラブホテル

著者
川琴ゆい華

2018年9月23日　初版発行　検印廃止

発行者　笠倉伸夫
発行所　株式会社 笠倉出版社
〒110-8625　東京都台東区東上野2-8-7　笠倉ビル
[営業]TEL　0120-984-164
FAX　03-4355-1109
[編集]TEL　03-4355-1103
FAX　03-5846-3493
http://www.kasakura.co.jp/
振替口座　00130-9-75686
印刷　株式会社 光邦
装丁　斉藤麻実子〈Asanomi Graphic〉
ISBN 978-4-7730-8897-7
Printed in Japan

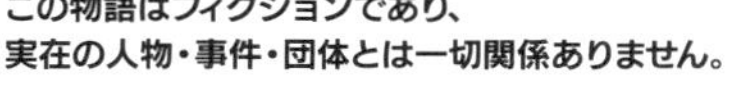

CROSS NOVELS